未来視Ωは偽聖女から婚約者を救う

若月京子

illustration:
こうじま奈月

prism bunko

CONTENTS

未来視Ωは偽聖女から婚約者を救う

★★★

未来視ができる神子として大切にされているアレクシスは、母親譲りの緑がかった銀色の髪と緑の瞳の持ち主である。

側妃の子ではあるがオメガの第三王子で、同母のアルファの弟がいる。兄二人が王妃から生まれたアルファでありとても優秀で、アレクシスは側妃の子だから王位争いはないためか異母兄弟でも仲はいい。

もっとも二人とも魔術学園に行くようになってから忙しくなってしまったため、顔を合わせる機会が少なくなってしまった。

アレクシスも学園に行きたいと言ったのだが、父王が許可をしてくれない。未来視ができるアレクシスを行かせたくなかったのである。

何しろアレクシスの未来視は、とても貴重なものだ。

自分のまわりの人のちょっとしたことから、国の一大事まで多種多様な未来を視る。料理長がうっかり包丁で指を切ったり、庭師が足を踏み外して梯子から落ちたりといったことなるともかく、大規模な崖崩れや川の氾濫といった未来視はたくさんの人の命と財産を守る結果に繋がっている。

それゆえ王も過保護になるし、本当ならオメガとして隣国に嫁ぐ予定だったのが、国内に留めるために三大公爵家の一つであるフォレスター家の嫡男、エルバートと婚約となった。

政略ではあるが、それだけではない。父王はアレクシスの未来視が発現してすぐ、アレクシスとつり合う年頃の、伯爵以上の子息を集めた茶会を開き、そこでアレクシスとエルバートが互いに一目惚れをして婚約となったのだ。

エルバートは週に二、三回は必ず登城してくれて、一緒にお茶をしている。学園に行くようになってからも、それは変わらなかった。

アレクシスが十八歳になったら結婚する予定で、そのための準備も進めている。

学園に行かせてもらえないアレクシスにとって、エルバートとの時間はとても大切なものだ。まだ番になっていないものの、互いに運命の番だという認識のもと、一緒にいられるのが嬉しい。

けれどこの日、エルバートは疲れた顔をしていた。綺麗な金色の髪には艶がなく見えるし、青く澄んだ瞳には陰りがある。

アレクシスは驚いてエルバートに駆け寄った。

「エル、どうしたの？　一週間も会えなかったし、なんかやつれてる！」

「ああ……ちょっと生徒会の仕事が忙しくてね。あのバカどもが……」

後ろのほうの言葉が聞き取れなくて、アレクシスは「ん？」と首を傾げる。

エルバートはなんでもないと言い、アレクシスをヒョイと抱っこしてソファに座った。

すかさずお茶と焼き菓子が運ばれてきて、エルバートの指が菓子を摘み、アレクシスの口元に持ってくる。

「ん～美味しい。エルも食べて」

お返しにとアレクシスも菓子を摘み、エルバートに食べさせた。

こうしてエルバートにくっついてのお喋りはいつものことで、アレクシスを幸せな気分にさせてくれる。

けれどやはりエルバートの疲れた様子が心配で、アレクシスはなぜなのか問いかける。

「生徒会の仕事が忙しいって、どうして？　エルは去年も生徒会にいたけど、そんなことなかったよね？」

「突如として聖魔法に目覚めたという平民の女子生徒が入ってきて、いろいろと引っ掻き回されているんだ」

「聖魔法？　珍しいね。しかも、平民が突如としてって、あんまり聞いたことがないかも」

聖魔法は光魔法の上位にあたり、治療力も強いし、スケルトンやゾンビといったアンデッド系に効果抜群だ。

広範囲にわたって治療できて初めて聖魔法と認められるが、かなりの魔力が必要なので平民からはあまり現れない。

ほとんどの平民はベータとして生まれてくるので、アルファやオメガはいない。そしてベータには魔力があまりないのが普通だった。

もしアルファが生まれれば貴族や裕福な商人の養子として引き取られるし、オメガなら間違いなく貴族が養子にする。ベータの女性が魔術学園に入学できるだけでもすごいのに、聖魔法の持ち主というのはかなり異例だった。

何しろ聖魔法はとても貴重なので国のお抱え魔術師となり、現在は男性ばかりで五人しかいなかった。

「ああ、確かに珍しい。平民だから魔力はそう多くないようなのだが、なんといっても聖魔法の使い手は貴重だからな。中途入学が許可されるのは分かるが……そのせいで面倒なことになっている」

「どうして？」

「まわりの生徒が嫉妬して苛めてくると大騒ぎをするし、地位の高い男にばかり声をかけるし……それはまぁ、いいんだが、アーサーたちがな……」

「兄様？　兄様たちがどうかした？」

「私が忙しくて、大変な理由だ。二人とも……二人だけじゃなく、マルコムやライオネルまで、なぜかその女子生徒に夢中になって仕事をサボっている」

「ええーっ!?　兄様たちが？　マルコムやライオネルまで？　もしかしてその子ってオメガなの？」

マルコムは宰相の息子で、ライオネルは騎士団長の息子だ。二人とも要人の子息だし、アーサーの将来の側近候補ということで城への出入りを許されている。アレクシスとも幼馴染みのような関係にあった。

幼い頃から賢かったマルコムは斜に構えているようなところがあるし、剣一筋のライオネルも脳筋らしく熱血で鬱陶しいところがあるが、二人とも悪い人間ではない。

それにアレクシスの兄たちも、きちんと帝王学を学んだ人たちだ。それが四人揃って一人の女子生徒にのぼせ上がり、仕事を放り出すというのは考えにくかった。

「どういうこと？　その人がよっぽど魅力的――……」

そこまで言って、アレクシスはハッと気がつく。

兄のアーサーにアルフォンス、マルコムとライオネル――身分的、年齢的な釣り合いからよく一緒にいる一団の中にはエルバートも含まれている。四人が同じ少女に夢中になっているのなら、エルバートももしかしたら……と不安になってしまったのだ。

「エルは？　エルも、その人のこと、好き……？」

「いや、私は好きじゃない。おかしなピンクの髪と目をしていて、顔はそこそこ可愛いかもしれないが、アリーの足元にも及ばない」

「そ、そうなんだ……」

よかったと、アレクシスは安堵に胸を撫で下ろした。

エルバートのことは、運命の番だと思っている。

一目で惹かれ、互いしか目に入らず、特別な繋がりを感じる――けれどまだ番になったわけではないから、確固たる結びつきは生まれていなかった。

それゆえ、誰かに取られたらどうしようという不安は消えない。だからエルバートがキッパリと否定してくれて、安心したところで素朴な疑問が湧いてくる。

「ピンクの髪と目？　それはまた珍しい……というか、見たことないけど。本当に平民？　どこかの貴族の隠し子とかじゃなく？」

「聖魔法を使えることを考えれば、ありえる話だな。戯れで手を出した女性が生んだかもしれない」

「うーん……兄様たち、物珍しさで構ってるのかなぁ？　でも、王太子と第二王子に加えて、宰相の息子と騎士団長の息子まで総がかりで構うのはその子のためにもあまりよくない気がする……」

「まったくもってそのとおりなんだが、忠告しても聞きやしない。おまけにその女子生徒も、あいつらに囲まれて大喜びだからな」

「みんな、顔がいいもんねぇ。身分も高いし。平民の女の子なら、誰を選んでも超玉の輿。そりゃあ、嬉しいか。……あれ？　でも、平民じゃ側室にしかなれないよね？」

「聖魔法の使い手となると、話は変わってくる。貴族の養子になってから嫁ぐという手段を使えばいい」

「ああ、なるほど。ということは、本当に超玉の輿もありだねぇ。……いやいや、四人とも婚約者がいるし。同じ学園に通ってるんだから……まずくない？」

「とてもまずい。それもあって、学園内は今、恐ろしく険悪な雰囲気なんだ」

「うわ～、大変。みんな、どうしちゃったんだろう。兄様たちも、ちゃんと婚約者と仲良かったのに」

アーサーの婚約者は公爵令嬢で、アルフォンスの婚約者は侯爵令嬢だ。もちろん二人とも政略的な意味合いはあるが、アレクシスと同じように自分で選ばせてもらっている。

婚約者たちも小さな頃から交流を深め、長年にわたって王妃教育を受けていた。だから宰相の息子や騎士団長の息子はともかく、兄たちの正妃は代わりがきかないはずである。

王太子の妻、王位継承順位第二位の兄の妻になるためには、この国の歴史や経済状況、主要貴族の把握に加えて領地や生産物――近隣諸国に関してなど覚えることは山ほどあり、王妃教育が完了するには十年はかかるといわれる大変なものだ。

兄たちもそれを知っているから婚約者を労い、仲睦まじかった。

「兄様たち、本気でその子のこと、好きなの？」

「恋に浮かれる？　溺れる？　よく分からないが、様子がおかしいのは確かだ。四人とも、あんなふうにまわりが見えなくなるのは初めて見た」

「ううーん、なんだろう……そんなに魅力的なんだ」

「実は……私も、その女子生徒に見つめられると、ときおりおかしな感覚に襲われることがある。妙に可愛いし、キラキラと輝いて見えるんだ」

「えええぇぇぇ――っ!?」

何それと、アレクシスは唖然とする。

さっきと、言っていることが違う。顔はそこそこで、好きじゃないと言っていたのに……と衝撃を受けた。

「もちろん、そんなわけないとすぐに我に返るが……目が合うと混乱するから彼女とあまり接触したくないし、生徒会室にも来ないでほしいんだが、あいつらが嬉々として連れ込むからな……」

「いやいや、それより、ちょっと待って！　エル……その人に、惹かれてるの……？」

互いに運命の番だと思っているし、アレクシスの十八歳の誕生日に行われる結婚式を心待ちにしている。エルバートもそれは同じで、いつもこうしてアレクシスに会いに来てくれて、抱きしめてくれる。

おかげでアレクシスはエルバートの気持ちを疑ったことがないのに、心惹かれる女性がいると聞かされて泣きたくなった。

「惹かれているわけではないと思う。ただ……あの目で見つめられると、頭がクラッとするんだ。自分でもよく分からない感覚で、不安になる。だから、一週間ぶりにアレクシスに会えて、抱きしめられて、ホッとした」

「エル～ッ」

互いにギュウギュウと抱きしめる。

「私が好きなのも、可愛いと思うのも、アレクシスだけなのになぁ。本当に、わけが分からない。あの女子生徒も、山ほど取り巻きを抱えているんだから私は放っておいてほしいんだが、何かと話しかけてきて鬱陶しい」

「何、その――……」

憤りのまま文句を言おうとして、アレクシスは宙を見つめる。目の焦点が合わなくなり、突如として未来視がやってきた。

エルバートといるときには初めてだから、いきなり動きが止まって様子のおかしいアレクシスを心配する。

「アリー？　アリー、どうした」

それを止めたのは、アレクシス付きの戦闘侍女であるテレーザだ。

「エルバート様、おやめください。アレクシス様が、未来視をされております。話しかけず、終わるまで動かないようお願いいたします」

「未来視……」

そのときのアレクシスはまわりが見えず、声も聞こえない状態である。焦点の合っていない目には、未来の出来事が映っていた。

――王城ではない、どこかの広いホール。

魔術学園の制服を着た二人の兄とマルコム、ライオネルに守られるように茶色の髪と目の女子生徒がいる。ちょっと可愛いが、平凡の域を出ていない。一目で平民のベータだと分かる容姿だ。

けれどその女子生徒を大切そうに囲む四人がいて、エルバートも少し離れたところに立っていた。

（エルの様子がおかしい……）

いつものキリリとした顔ではなく、どこかぼんやりとしている。

アーサーたち四人の前にはそれぞれの婚約者がいて、四人は口々に彼女たちを非難している。

（これってどういうこと？　セラフィーナ様たちがリーナを苛めた？　階段から突き落とした？）

リーナという女子生徒が、エルバートの言っていた人物だと思うのだが、聞いていた容姿と違う。ピンクの髪と目で、可愛らしく魅力的だという話だったのに、茶色の髪と目の、平凡を抜け出せない程度の可愛らしさだ。

（わけが分からないなぁ。それに兄様たちがリーナっていう子をちやほやするのは頭にくるだろうけど、セラフィーナ様たちが苛めなんてするはずないのに）

将来の王妃には自制心が必要とされる。それに貴族の子女はみんな、つけ入る隙を作らないようマナーや所作、貴族としての行動も教え込まされるのだ。高位になるほど教育も厳しくなるから、いくら腹が立っても苛めなんてするかなぁと思う。

セラフィーナと、アルフォンスの婚約者であるフローレンスとは未来の義姉として交流があって、二人ともそんなことはしないと確信を持っていた。

しかし兄たちはひどく彼女たちを糾弾し、リーナに「可愛い」だの「優しい」だの「尊い」だのといった賛辞を向けている。

そしてそのリーナはにんまりと満足そうに笑い、すごくいやな感じだった。

アレクシスには、可愛いとも優しいとも、尊いとも思えない。むしろ、性格の悪そうな子という印象だ。

兄たちがリーナを庇い、婚約者たちを責め立てるにつれ、リーナの影がユラユラと動き始める。

(あれは、何……?)

影が動くなんて普通ではないし、邪悪な気配が漂っている気がする。何か分からないが、よくないものだというのは感じる。

やがて婚約者たちがアーサーの命令によって騎士たちに捕縛されるというとんでもない事態になると、黒い影が捻じれた角を持った形へと変わった。ケタケタと楽しそうに、邪悪に笑っている。

(誰も気がついていない？　影があんなに不自然に動いてるのに……)

彼らのまわりにはたくさんの生徒がいて、兄たちと同じように陶然とリーナを見つめている男子生徒たち以外は、驚きと非難の目を兄たちに向けている。やはりこれは婚約者たちに非はないんじゃないかと思う。

エルバートが動かずに見ているだけというのが理解できない。何もかも異常な状況の元凶が王子である兄たちというのは、とても危険なことだった。

邪悪な影を従えた――もしくは取り憑かれている少女。その少女に、国の中枢を担うはずの兄たちが夢中になっている。

（これって、崖崩れや川の氾濫より、一大事なんじゃ……）

そこで不意にアレクシスの意識が現実へと戻ってきて、目の前には心配そうなエルバートの顔があった。

「あ……」

「未来視が終わったのか？　よかった。いきなりピクリとも動かなくなるし、目の焦点は合っていないしで、何事かと心配した」

「あの……父様に会わなきゃ。できるだけ早く！　なんなら、今すぐ」

「陛下に？　そんなに重要な未来視をしたのか？」

「うん。テレーザ、今、父様に会えるかな？」

「アレクシス様がお望みでしたら。接見中でも、会議中でも、たとえ就寝中だとしても呼び出すよう言われております」

そう言うとテレーザは部屋の外に立っている騎士に父王への伝言をお願いし、アレクシスの髪を梳き、身だしなみを整える。

父親とはいえ、相手は国王だ。あまりにも寛いだ格好では失礼になる。

上着も着せられるが、未来視をしたあとはひどく疲れるから、アレクシスはグッタリしたままテレーザとエルバートが協力してやってくれた。

これまでに感じたことのないほどの疲労だったので、移動するのもエルバートが抱っこして連れていってくれて、とても楽で助かった。

執務室の前で下ろしてもらって、エルバートに支えられながら中に入る。

お決まりの挨拶のあと、エルバートはアレクシスを椅子に座らせて出ていこうとする。

「待って！　エルにも関係していることだから、一緒にいてほしい」

「私も？」

「うん。エルもいたし、様子がおかしかった。だから、知っておいたほうがいいと思う」

「……よろしいですか、陛下」

「構わん」

「ありがとうございます」

人払いがされたところで、アレクシスは視たばかりの光景を一生懸命伝える。

「その娘のことなら、報告を受けておる。アーサーたちが夢中になっていることもな。あれは将来王になる身だから、若いうちに女のことで多少の失敗をしておくのは悪くない」

王直属の諜報部隊であり、人知れず暗殺をしたりもする暗部があるから、アーサーたちの問題行動は逐一報告されているはずだ。

しかしその受け止め方が呑気すぎると、アレクシスは慌ててしまった。

「そんな可愛いものじゃないんですってば！　なんか、いろいろおかしいんですよ。エルが言っていた女子生徒って、リーナっていう子のことだよね？　でもボク、ピンクの髪と目って聞いたのに、未来視で兄様たちに囲まれてた子は茶色の髪と目だったんだよ。容姿もすごく可愛いっていうわけじゃなくて、そこそこ可愛い程度だし……あまりにも違いすぎない？　おまけに彼女の影が……」

思い出して眉を寄せるアレクシスに、父が聞いてくる。

「影がどうした？」

「……動いたんです。彼女の影だけ、ユラユラ～って。それでもって、兄様たちがセラフィーナ様たちを責め立てて、ついには捕縛までさせて……」

「捕縛!?　自分の婚約者を!?　正気か？」

父王にしては珍しく、驚きを露わにしている。

「だから、正気とは思えないんですって。苛めたとか、階段から突き落としたとかいろいろ言ってたけど、もしそれが本当だとしてもいきなり高位の貴族令嬢たちを捕縛なんてさせます？　絶対、おかしいですよね」

「アーサーらしくないな」

「はい。それに、エルもそこにいたんだよ。兄様たちとは少し離れてたけど、目の前でそんなことが起きてるのに、何もしなかった。それもおかしいでしょう？」

「おかしいな」

「エルならちゃんと兄様たちを諫めるだろうし、セラフィーナ様たちを捕縛するのに反対するはずだもん。それに……影が……リーナって子の影が、本当におかしかったんだ。セラフィーナ様たちが捕縛されたとき、角を持った男の形だったんだよっ。しかも、邪悪な感じでケタケタ笑ってて、怖かった……」

「角？」

「男？」

それまで黙って聞いていたエルバートも、怪訝そうに眉を寄せている。

「男っていうか……魔物みたいな……ミノタウルスみたいな形……見たことないけどさ」

「それは、どういうことなんだ？　ミノタウルスに取り憑かれているということか？」

「ミノタウルスは、力は強いですが、魔力を持たない魔物ですよ。人間に取り憑くなど、聞いたことがありません」

「ミノタウルスみたいな形の影だけど、ミノタウルスかどうかは分からないよ。でも、普通の女の子じゃないと思うし、性格も悪そうだった。……本当に聖魔法、使えるの？」

光魔法や聖魔法には治療や浄化といったものがあるせいか、穏やかで優しい性格の人間が多い。

その昔、聖魔法の使い手としてちやほやされたあげく欲にまみれた魔術師が、いつの間にか聖魔法を使えなくなっていたなんていう話もあるほどだ。

だからアレクシスが未来視したリーナが、聖魔法の持ち主というのがどうにも信じられなかった。

しかしそのあたりもしっかり報告されているらしい父王が、眉を寄せながら言う。

「治療魔法を使えるのは確かだぞ。骨折や、かなりの大怪我も治してみせたそうだ。アンデッドとの戦いはまだだそうだが、治療の力は相当なものだとか」

「聖魔法の使い手となると、迂闊なことはできませんね」

エルバートもまた、父王と同じように難しい顔だ。

治療は光魔法、聖魔法の持ち主しかできない。特に聖魔法は、ポーションと違って複数人を一気に治療できたりするので一人でも多く確保しておきたいのである。

これまでの実績からもアレクシスの未来視が外れるとは思わないが、慎重にその少女を精査する必要があるという結論に至る。

父王が、ものすごく渋い顔で言ってくる。

「未来視では、髪と目の色が違うというのが気になるな……アレクシス、学園に行ってみるか？」

「えっ、いいの？　やったー!!　すごく嬉しい」

魔術学園には、ずっと行きたいと訴えていたのだ。王太子であるアーサーでさえ許されているのに……という思いと、未来視ができる神子という立場では仕方ないかという諦め。

それがリーナと接触して、さらなる未来視をするためとはいえ、学園に通えるなんて嬉しくてたまらなかった。

「リーナとかいう娘と同じクラスにさせるが、テレーザや護衛たちも一緒だぞ。浮かれて、彼らから離れないように気をつけるんだ」

どうやら、兄たちも許されない学園内での護衛をつけられるらしい。

王族や貴族の子女が通う魔術学園は、王城なみに強い結界が張られ、不審者は入れないからかなり安全ということになっている。

それに学園内では自分のことは自分でするということで、侍女や護衛を連れてくるのは許されていなかった。

けれどアレクシスは未来視ができる神子なので、万が一が起きてはいけないということらしい。

「本当なら、お前を学園に送り込みたくはないのだがなぁ。しかしリーナという娘がただの娘ではなく、想定以上の脅威になりかねないと分かった以上、仕方がない」

「ボクの未来視、知らないところには反応しませんもんねぇ」

大きくなるにつれて未来視の範囲が広がったのは、アレクシスの知識の広がりに呼応している。

母や乳母、侍女たちから聞く生家や故郷、教師たちから教わる国内の地図。山や川、地形を把握し、それぞれの町の様子を知り、それが未来視へと繋がっていく。

だからリーナという少女に接触し、彼女のことをよく知れば、よりたくさんの未来視をして、危険を未然に防ぐことができるかもしれない。

「あの得体の知れない娘に、アリーを近づけるのですか？」

エルバートはアレクシスの手をギュッと握りしめ、心配そうな様子だ。

「大丈夫だよ」

「しかし……私たちは年齢が違うから、同じクラスになれないんだぞ」

「それは残念だけど……エルと机を並べて勉強してみたかったな。でも、エルが卒業する前に、同じ学園に通えるだけでも嬉しいよ」

「アリー」

ギュッと抱きしめられて、アレクシスも抱きしめ返す。

状態異常を無効化する魔道具を身につけている兄たちを、魅了しただろうリーナ。アレクシスが視た未来で、髪と目の色が違っていた不可解な少女。

得体が知れなくて怖いけれど、初めての学園は嬉しいなぁと、アレクシスはやる気満々だった。

そして兄たちの婚約者たちには事情は話せないが、今の兄たちは魅了にかかっている状態なこと、対策を考えていること、終わるまではあまり兄たちにもリーナにも近寄らないようにしてくれと伝えてもらう。

婚約者たちも、あまりにも様子がおかしすぎると思っていたので、魅了と聞いて納得したらしい。

アレクシスを学園に受け入れるにあたって、結界や敷地内のチェックなど、少しばかり時間がかかる。

アレクシスはもらった教科書を眺めて、浮き浮きと登園日を待った。

★
★
★

魔術学園への、登園初日。

アレクシスは制服を着て、朝からワクワクしていた。エルバートがわざわざ馬車で迎えに来てくれて、一緒に登校するのだ。

エルバートが到着したと言われて部屋を飛び出し、速足で馬車へと向かう。

「エル、おはよう！」

「おはよう、アリー。制服、似合うな。とても可愛い」

「そう？　嬉しいな」

ずっとずっと着たかった魔術学園の制服は、丈の長い黒と赤の上着に金ボタンがつけられた、凝っていて華やかなものだ。リボンタイが可愛い。地味だと、貴族の子女から文句が出るらしい。

おかげで平民には手が届きにくい価格になってしまったため、平民には二着ほど無料支給となっている。魔術学園を卒業できればいい仕事に就けるので、この制服自体がステータスだった。

エルバートの手を借りて馬車に乗り込むと、すぐさまエルバートの膝の上に乗せられる。

「ろくに城から出たこともないアリーを、学園に通わせるなんて……心配だ」

「大丈夫だよ。ボク、すごく楽しみにしてるんだから。お昼は一緒に、学食っていうところで食べようね～」

「それも許されたのか？」

「うん。いつまで通わせてもらえるか分からないし、その間にいろいろ体験しておきたくて。毒物鑑定の魔道具は持たされたけどね」

「それは当然だな。私も、持ち歩いている」

遅効性の毒もあるため、毒見が役に立たないこともある。王立の魔道具研究所によって進化し続ける毒物鑑定の魔道具のほうが信用できた。

あたたかい料理をあたたかいうちに食べたいと、歴代の王が力を入れさせたおかげだ。

「アリーは可愛いからなぁ。男どもにちょっかいをかけられるに決まっている。それに、狭かったアリーの世界が一気に広がって、他の男によそ見をされたら困る」

「エルってば。そんなわけないのに」

そんな心配をしていたのかとアレクシスは笑うが、エルバートの眉間に皺が寄る。

「困るというか、許さない。アリーがよそ見をしたら、相手は消えることになるぞ」

「き、消える？」

「行方不明になって、二度と会えないということだ」

「そんな可能性はないから、怖いこと言わないでほしいなぁ。それにその心配は、今までボクがしてたんだよ？　エルは三大公爵家の跡継ぎだし、アルファですごい美形だし……学園に通う女の子たちにとっては、接触できる最大のチャンスでしょう？　エル、絶対、狙われるもん」

「否定はしないが……私にはアレクシスがいるからな。他の人間なんて、目に入らない」

「うふふ～」

饒舌とは言えないし、アレクシス以外に対しては必要なことしか口にしないエルバートなのに、アレクシスにはこうして言葉を惜しまないでいてくれる。

アレクシスは嬉しくなってエルバートにスリスリと甘え、それからむむと眉間に皺を寄せる。

「……なのに、リーナにはクラクラしちゃったのか……ボクの番を誘惑するなんて！　絶対、正体を暴いてやる～っ」

大切な番がよろめいたと聞いて、燃えるものがある。未来視での尋常ではない様子もあったので、アレクシスはリーナを敵と認識していた。

馬車が学園に着くとエルバートの手を借りて降り、そのまま校舎内に入っていく。もちろんテレーザと二人の護衛も一緒だ。

アレクシスが未来視のできる神子だというのは貴族たちに知れ渡っているから、アレクシスの姿を見てざわめきが広がっていた。

「アレクシス様だ……」

「神子様が来るって、本当だったんだ……」

「可愛いなぁ」

好奇と感嘆と、崇拝の目。未来視ができる神子としてたくさんの命を救ってきたアレクシスなので、歓迎の色が強い。

見られるのには慣れていたため、特に気にせず教室まで移動した。

「ここが、アリーの教室になる」

そう言って中に足を踏み入れた途端、女子生徒の高い声が響く。

「あっ、エルバート様！　私に会いに来てくれたんですね」

ピンクの髪と目をしたリーナが目敏くエルバートに駆け寄ってきて、その腕に掴まろうとするが、エルバートはアレクシスを抱きしめたままヒラリと躱す。

（あれ？　髪の毛、ピンクだなぁ。顔も、未来視より可愛いし）

クリクリとした大きな目と、屈託ない笑顔。ベータというのは間違いなんじゃないかと疑う、輝きと魅力に溢れた少女だ。

クラスの男子生徒たちは、そんなリーナにポーッと見とれていた。

思っていた以上に可愛いリーナにアレクシスは不安になるが、エルバートは冷めた声でリーナに言う。

「触るな。それに、名前で呼ぶなと幾度となく言ったはずだ」

「んもう、エルバート様ったら、照れ屋さんですね～。素直になってくださいな」

エルバートの表情も声も凍りつきそうなほど冷たいのに、リーナにはまったく通じていないのがすごい。この図太さは、呆れるべきか感心するべきか迷ってしまった。

エルバートはリーナのほうを見ようとせず、アレクシスをしっかりと抱きしめている。

リーナの目を見てクラリときたと言っていたから、視線を合さないよう気をつけているよ

うだった。

　それでリーナも、アレクシスに視線を向けた。

「……エルバート様、その人は？」

「名前で呼ぶな。そして、大変な不敬だぞ。アレクシスは第三王子であり、神子でもある。本来なら、お前など見ることもかなわない方だ」

「神子？　何、それ。私は聖女よ。大怪我だって、治せるんだから。その子、何ができるんですか？」

　その言葉に、教室にいた生徒たちがざわめく。

「まぁ、アレクシス様に、なんて失礼な！」

「ありえませんわ、あんな態度。平民のくせにっ」

「平民だからではなくて？　マナーもひどいものですもの」

　非難するのは女子生徒ばかりで、男子生徒はリーナにトロリと酔ったような目を向けている。刺々しい女子生徒たちの声など聞こえない様子で、一心不乱にリーナを見つめていた。

（なんか変……）

リーナは魅力的だから、男子生徒たちがポーッと見とれるのは分かる。けれど今のこの様子は普通ではなかった。

貴族と思われる女子生徒たちの怒り具合も過剰で、尋常ではない雰囲気にアレクシスは思わずギュッとエルバートにしがみついてしまった。

それを見てリーナの目が吊り上がり、文句を言ってくる。

「ちょっと！　何、エルバート様にくっついてるのっ。離れなさいよ」

「婚約者だもん」

「あんたが？　まぁ！　なんてひどいの!!　王子という立場を利用して、エルバート様を縛りつけてるのね。エルバート様、かわいそうに。どうぞ自由になってくださいな」

「何それ、何それ、何それー!!　ボクたち、一目惚れだったんだからっ。縛りつけてなんてない！」

そう言いながらエルバートにギュウギュウ抱きついているのだから、説得力がないかもしれないとは思う。

けれどエルバートも強く抱きしめてくれているし、いい子いい子というように頭を撫でてくれている。ただの政略結婚なら、こんなふうな態度になるはずがなかった。

「あなたは一目惚れしたかもしれないけど、エルバート様はどうかしらね。神子なんていわれている王子に好きだって言われたら、拒否できないでしょう？　家のために、好きな振りだってするわよ」

「そんなの……」

ないとは言えないのが、アレクシスの立場だ。

王太子の代わりはいても、未来視できる神子の代わりはいない。その能力で幾度となく大惨事を未然に防いでいるだけに、アレクシスの価値はとてつもなく高かった。

今まで学園に通えなかったのも、アーサーより多い護衛をつけられているのも、他国による拉致を警戒してのことだ。

アレクシスが本気で欲しいと言えば、父王はきっとどんなものでも手に入れようとしてくれる。それが分かっているからアレクシスは言動に気をつけていたし、心から欲しいと思ったのはエルバートだけだ。

幸い、初めて会ったお茶会で互いに見とれて目を離せなくなったので、婚約はなんの問題もなく成立した。

あのときの胸の奥深いところから湧き上がってくる歓喜や愛情は特別なもので、エルバートも同じように感じたと信じている。

それでもリーナの言葉はアレクシスを揺さぶり、不安を生じさせた。ピクリと震えた体から、エルバートはアレクシスの不安を感じ取ってくれたらしい。クイッと顔をエルバートのほうに向けられ、優しい目に見つめられる。

「アリー……私は、アリーを愛している。初めて会ったときに、アリーが私の運命の番だと分かった」

「エル！　ボクも愛してる。ボクたち、運命の番だよね」

ギュウギュウと抱きしめ合い、見つめ合い、キスをしようとしたところに兄たちが駆け込んでくる。

「リーナ！」

「大丈夫かい、リーナ」

「また意地悪されたんだって？」

「かわいそうに！」

口々にそんなことを言いながらリーナを囲む。

「ありがとう、みんな。私のために駆けつけてくれたのね。すごく嬉しい。だってアレクシス様ってば、王子なのをかさに着てひどいことを言うんだもの。私、平民だから……」

声を震わせ、悲しそうに俯くリーナに、アレクシスは「ええっ？　言ってないし！」と驚く。むしろ自分のほうがひどいことを言われたし、リーナの態度は立派に不敬罪になる。

しかし可憐な少女に悲しそうに訴えられたことで、兄たちは寄ってたかってリーナを慰める。

「リーナは可愛いから、嫉妬するんだろうな」

「気にしなくていいよ。平民だからって見下すほうがおかしいんだ」

「聖女であるリーナに、なんてひどい」

「リーナを苛めるやつは、俺が殴ってやる」

「みんな……ありがとう……」

（なんだろう……すごく変。お芝居を見せられてるみたい……）

五人のセリフに魂が入っていないというか、どこか上すべりしている感じなのだ。

リーナは健気《けなげ》を装っているが、少し冷静になればその胡散くささは見て取れる。表情と声は悲しそうでも涙は出ていないし、目が底意地の悪い光を放っていた。

五人を見る女子生徒たちの目は冷ややかなのに、男子生徒は——兄たちと同じようにリーナを熱っぽく見つめたままだ。

おかしいおかしいと、アレクシスの本能が警鐘を鳴らす。

そしてリーナはうっすらと口元だけで笑ったかと思うと、胸の前でギュッと手を握りしめて芝居を再開する。

「お願いです、アレクシス様。どうか、エルバート様を自由にしてあげてください。結婚は好きな人としないと、不幸になってしまいます。私、エルバート様に幸せになってほしいんです」

「なんて優しいんだ！」

「さすが聖女だね」

「リーナは、万人の幸せを願っているんだな」

「こんなに優しいリーナを苛めるなんて、アリー、どういうつもりなんだ!?」

アーサーに睨まれ、アレクシスはショックを受ける。

異母兄ではあるが、アーサーとも仲良く育ってきた。王太子として教育を受けてきたアーサーは、一方の言い分だけ聞いて非難するような人物ではなかったはずなのにと、ひどい違和感を覚える。

それにアレクシス自身も、リーナに話しかけられたときからずっとおかしな感じだ。ピンクの目が向けられると、背筋がゾクゾクして神経がささくれ立つ気がする。アレクシスもリーナの影響を受けているかもしれないと思った。

アルフォンスやマルコムたちも口々にアレクシスを責め立て、アレクシスを抱きしめているエルバートが怒気を放っているのが分かる。

おかしいおかしいと違和感に急き立てられるようにアレクシスの目の焦点がだんだんと合わなくなっていき、アーサーたちの声が遠くなっていく。

(未来視……じゃない……これ、今だ。でも、リーナの髪と目の色が茶色。それでもって影が……リーナの影が楽しそうにフワフワ浮いて、兄様たちにちょっかい出してる……。あれは、何？　影が兄様たちに触るたび、兄様たちに影が溜まっていくような……)

影はついでとばかりに見ていた生徒たちにもちょっかいをかけて回り、彼らの中にも影が溜まる。

女子生徒は反発して弾くものもいるが、男子生徒の中にはずいぶんとたくさん影が溜まっているものもいて、そういう生徒ほどリーナにうっとりとした目を向けている。

(やっぱり、あの影が原因で兄様たちがおかしくなったんだ……リーナの容姿も、さっき

までと違って見えるし。でもこの影、本当になんなんだろう？　魔物？　こんなのは聞いたことない）

そこでアレクシスの意識は現実に戻ってきて、リーナの髪と目もピンクになる。そして兄たちはまだ何やら吠え立てていた。

「アリー……今のは、もしや……」

心配そうなエルバートにどう答えようか迷っていると、女子生徒が割って入ってくる。

「なんですの、この騒ぎは。……あら、またリーナさん？　騒動の渦中には、いつもあなたの姿がありますわね。それにアーサー様も、いいかげん、ご自分の立場を思い出してくださいませ」

燃えるような真紅の髪が美しい、アーサーの婚約者、セラフィーナの登場だ。いつものことながら堂々として凛々しい。

公爵令嬢という身分に教養、美貌――どれをとっても彼女以上に未来の王妃にふさわしい令嬢はいない。アレクシスの子供の頃から憧れの女性でもあるので、その顔を見ると嬉しくなってしまう。

「セラフィーナ様、おはようございます！」

「おはようございます、アレクシス様。今日から学友ですわね。よろしくお願いいたします」

「こちらこそ、よろしくお願いします。分からないことだらけなので、いろいろ教えてください」

「一番に教えたかったのは、そちらの女子生徒とは関わり合いにならないということだったのですけれど、遅かったようですわね」

「なんだと、セラフィーナ！　リーナに失礼だろう」

「そうですよ、セラフィーナ様。どうしてそう、いつもリーナを苛めるのですか？」

「苛めてなどおりませんわ。それに、その女子生徒と関わり合いになると面倒なのは事実でしょう？　礼儀や生活態度を注意しただけでこれ見よがしに騒ぎ立て、『平民だからってひどい』っておっしゃるんですもの。私が歩いていたら後ろからぶつかってきて、『足をかけるなんてひどい』と喚き立てたこともありましたわねぇ。関わり合いになりたくないと思うのも、当然ではなくて？」

「また、そのようなことを」

「リーナがそんなことをするわけがないでしょう」

「公爵令嬢だからって、苛めていいと思っているんですか？」

「あなたたちも、日に日に話ができなくなっているし……本当に、厄介でしかないわ。どうして陛下は、こんなところにアレクシス様を入れてしまったのかしら。テレーザ、アレクシス様をしっかりお守りしてね」

「はい、お任せください」

実際、テレーザと護衛たちは、リーナが突っかかってきたときから臨戦態勢に入っている。四方に神経を巡らし、何かあればすぐに応戦できるようにしていた。

王太子である兄たちが来てもそれは変わらず、たとえアーサーでもアレクシスに手を出そうとすれば叩きのめされるに違いない。

それに護身用の魔道具もたくさん持たされているので、アーサーたちにキャンキャン非難されても身の危険は感じなかったが、リーナを中心に広がる異様な雰囲気は怖かった。

セラフィーナがリーナと関わり合いになるなと言うのも当然だが、リーナのおかしな力を解明しに来た以上、関わるしかないのだ。

セラフィーナにも事情は説明され、アーサーやリーナに近づかないよう言われているはずなのに、アレクシスが絡まれているのを見て出てきてくれたらしい。

「さぁ、みなさん、もう授業が始まりましてよ。アーサー様も、自分のクラスにお戻りください」

パンパンと手を叩いての言葉に、全員がワラワラと動き出す。アーサーたちも忌々しそうな表情ながら渋々教室から出ていった。

「お見事です、セラフィーナ様」

「ありがとうございます」

「それではアリー、私も戻る。……ずっと一緒にいたいんだがな」

「そういうわけにはいかないよね。同じ年じゃないのが、残念」

アレクシスとエルバートが抱きしめ合ったままそんなことを言っていると、リーナが割って入ってくる。

「ちょっと、あなた！　そんなふうにエルバート様を束縛するのはやめてあげてって言ってるでしょ」

「仲のいい婚約者同士が、別れを惜しんでるだけだけど？　耳、おかしくない？　大丈夫？」

「まぁ！　私が平民だからって、バカにしてっ。ひどいわ～」

「わぁ。セラフィーナ様の言ってたやつだ」

本当に言うんだなぁとか、よっぽど乱用してるんだろうなぁと思っていると、特に影の濃かった男子生徒たちがひどいひどいとリーナを擁護し始める。

「いくら王族でも、言っていいことと悪いことがあります」

「リーナを苛めないでください」

アレクシスは彼らが影に影響を受けていると分かっていたから困ったなぁ程度にしか思わなかったが、エルバートとセラフィーナは違う。キッと目を吊り上げ、怒った。

「お前たち、どういうつもりだ！」

「この方が、未来視の神子様と承知のうえでの発言ですの!?」

怒気のこもった声には迫力があり、教室の中がシーンと静まり返る。

誰もが青ざめ、動けないでいるのに、リーナの甲高い声が響き渡った。

「何よ、それ！　未来視？　神子？　側妃が生んだ、王位継承権の低い第三王子じゃないの？」

「無礼な！」

「この方は、我が国の宝です。それに、神子様でなかったとしても、第三王子に対するその言い方はなんですの？　あまりにも不敬ですわよ」

「わ、私が平民で何も知らないからって、ひどい！」

「また、それか。平民でも、自国の神子様のことくらい、知っていて当然だろう。アリーの未来視で救われた国民は多いのだから」

その言葉に、主に女子生徒から同意の声があがる。

「私、平民だけど、神子様のことは知っています！　父の故郷が魔物の暴走で大変なことになるのを、神子様の未来視のおかげで未然に防いだって聞きました」

「神子様の未来視でたくさんの人が助かってるって聞いてます」

「ボクの村も……川の氾濫から守ってもらいました」

「でもっ！　でもっ！　側室の子じゃない。オメガだしっ」

リーナのアレクシスを貶める発言は止まらず、それに取り巻きたちが加勢するため、教室内はちょっとした騒動に陥った。

「なんですか、この騒ぎは！　静かにしなさいっ。授業を始めるから、自分の席について！」

やってきた教師の一喝で騒ぎは沈静化したが、ピリピリとした雰囲気は消えない。

リーナがアレクシスにひどい突っかかりようなので、エルバートは心配だ心配だと離れなかった。教師に促されて教室を出ていったものの、ずいぶんと後ろ髪を引かれている様子だ。

そして、その日――リーナの標的はアレクシスになったようで、休み時間のたびに絡まれて大変だった。

テレーザと護衛たちのおかげで一定以上は近寄れなかったが、言い返すたびに「ひどい、ひどい」と悲しげな演技をされ、取り巻きたちにキャンキャン言われるのが面倒くさい。

貴族の、にこやかな仮面下での戦いと違って直接的でわざとらしく、王族に対する態度ではない。例の影の影響がなければ、いくら可愛くても関わり合いになりたくないと遠巻きにされていたに違いない。

リーナの態度に、テレーザと護衛たちが殺気立って、斬り捨てたいと思っているのが分かる。

アレクシスも辟易しているが、それでも念願の魔術学園に来て、学食でエルバートと一緒に昼食を摂れるのは嬉しい。

いくつかあるメニューの中から日替わりセットというのを頼んでみて、エルバートが選んだ肉料理と食べさせ合いっこもできた。

リーナに絡まれる鬱陶しさも、この楽しさの前にはなんということもない。

しかしそんなふうに考えたのはアレクシスだけで、エルバートと一緒に帰城するや父王のところに連れていかれ、エルバートとテレーザの二人がかりでリーナのアレクシスに対する無礼な態度を怒りとともに訴えられる。

それにクラスの異様な雰囲気も伝え、アレクシスが心配だから自分も一緒にいて守りたいとエルバートが願い出た。

「うーむ……その娘は、アレクシスに対して攻撃的なのか」

「ひどいものです。何度、ファイアーボールをぶつけてやろうと思ったことか……」

「学園内では平等という建前があるとはいえ、本当にひどいものでした。あそこまで度を越していると、学園内であっても不敬罪を問えると思われます」

二人ともアレクシスを大切にしているからこそ、本気でリーナに怒っている。アレクシスが口出しする余地がまったくなかった。

「アーサーたちにかけたのがただの魅了なら処分してもいいが、呪いの類いだと安易に張本人を殺せばいいというものではない。呪いが解けなくなってしまうからな。アーサーた

ちがすでに侵されている以上、どのようなものかきちんと見極めなければならん」

「魔道具の研究所で、該当する禁術がないか調べさせたらいかがでしょうか？　平民の娘が禁術を知るはずはないと思いますが、万が一ということもありますし」

「そうだな。その娘が魅了を使って、まわりの生徒たちにアレクシスを攻撃させられたらかなわん。エルバートが側に入れればアレクシスも精神的に安定するだろうし、アレクシスを守るために同じクラスになるといい」

「はいっ。ありがとうございます」

エルバートはもう、学園で習うようなことは習得ずみらしい。本当なら通う必要はないのだが、魔術学園を卒業するのが貴族の慣例のようになっているからやめていないだけとのことだった。

リーナに絡まれて鬱陶しかったが、おかげでエルバートと机を並べて学園生活を送れる。

そんな状況ではないと分かっていてもアレクシスはニコニコで、心の中で「リーナありがとう！」などと思っているのだった。

★
★
★

次の日もエルバートは馬車で迎えに来てくれて、教室では左右をエルバートとテレーザが、前後を護衛が固めるという布陣で授業を受ける。

リーナは相変わらず「エルバート様を自由にして！」と絡んでくるが、上機嫌のアレクシスは浮かれながら「婚約者だもん」と返すだけだ。

手を繋ぎ、指を絡ませていちゃつく二人にめげることなく突っかかってくるリーナを男子生徒たちが擁護し、アーサーたちが駆けつけるという面倒くさい事態もたびたび起こることになった。

アレクシスはリーナの目を見ないように気をつけながら注視し、影を見つめては何か視えないかと期待するが、なかなか未来視は発動しない。

困ったなぁという気持ちと、視えなければまだエルバートと一緒に学園に通える期間が延びて嬉しいという気持ちとがアレクシスの中でせめぎ合っている。

けれどそもそも未来視は視ようと思って視られるものではないので、アレクシスはリーナを観察する毎日だった。

そして、ある日の昼休み。

学食で一緒に食事を摂ったあと、エルバートが教師に話があるというので別々に教室に戻ることになった。一つ下のクラスで授業を受けているエルバートは、別に課題などを出されていて大変なのだ。

「次は応用魔術か～。楽しみ」

これまで魔力は未来視のために極力使わないようにするという方針のもと、せっかく光魔法が使えるにもかかわらずほとんど教えてもらえなかったので、学生向けに分かりやすく解説してもらえるのは楽しい。

魔法は毎日使ったほうが手早く、消費魔力も少なく発動できるとのことなので、アレクシスは歩いていて気になるところをちょこちょこ浄化してみた。

城にはたくさんの人々が動き回っているせいか、澱みのようなものが溜まりやすいので練習にはちょうどいい。おかげで浄化のレベルも少しずつ上がっていて、大して構えなくても使えるようになった。

テレーザや護衛たちはこの学園の卒業生なので、懐かしいと嬉しそうだ。それに魔法についてもう一度教わり直すことで、いつの間にか我流になっていたものを正せるなど得るものが多かったらしい。

常に周囲を警戒するのは変わらないが、授業もちゃんと聞いて身になっていた。

城に帰ってから復習がてらテレーザたちに魔法のコツを習ったりして、毎日が充実して楽しかった。

ニコニコしながら応用魔術の教科書を眺めていると、エルバートが戻ってくる。

けれど、どうにも様子がおかしい。いつもなら速足で来てくれるし、笑みを浮かべているのに、今はぼんやりとしていた。

「エル？　どうかした？」

そうアレクシスが問いかけながら手を伸ばすと、その手をパシリと叩かれる。

「私に触るな！　汚らわしい」

その瞬間、バッとテレーザと護衛たちが動き、アレクシスを守ろうと囲い込む。すでに抜刀しているあたり、三人の優秀さを表していた。

何事かとこちらを見ている生徒の中に、ニヤニヤと笑っているリーナがいる。何があったか聞かなくても、離れている間にリーナの影にやられたのだと分かった。

ドロリと濁ったエルバートの目が、アレクシスを睨みつける。

それがリーナの影のせいだと分かっていても、胸が潰れそうな気がする。

「エル……」

悲しい悲しいと、心が嘆いている。

正体の分からない、リーナの影は怖い。その正体を暴くためには、エルバートという心の支えが必要だった。

だからエルバートを、リーナの影に染められたままにしておけない。アレクシスはテレーザたちに、小さな声で「エルを拘束して城に戻る」と指示する。

すぐさま動く三人に、抵抗しようとしながらも、動きを止めるエルバート。どうやらエルバートの中で、本来の自分と、影の影響とが闘っているらしい。

そのおかげでまわりに被害を出すことなくあっさりと拘束ができ、エルバートの手首に魔力封じの腕輪を嵌める。テレーザたちがホッと安堵するのが分かった。

魔力の多いアルファの中でも、エルバートはさらに多い。剣のほうも真面目に取り組んでいるため、もしエルバートが本気で抵抗したら三人がかりでも取り押さえるのは大変だし、この教室くらい簡単に破壊できるのだ。

だからこその拘束と腕輪だが、アレクシスは申し訳ないやら悲しいやらでエルバートにギュッと抱きつく。

そして拘束したまま馬車に乗り、アレクシスはエルバートにギュウギュウとしがみつきながらどうしようどうしようと動揺している。

エルバートの前に座っているテレーザが、いつでも斬りつけられるよう短剣を構えているのも怖かった。

「テ、テレーザ、大丈夫だからね？　……ああ、あの影は、どうしたら体の中から追い出せるんだろう……こんなエルは、エルじゃない」

「私から離れろ。気色の悪い」

「エル～」

そんなことを言われて泣きそうになると、エルバートの表情がハッと我に返る。

「ああ、違う。私は、アリーになんていうことを……アリーにしがみつかれて、嬉しくないはずがない。愛おしいアリー……いいや、疎ましい。私を自由にしろっ……違う、そんなことは思っていない。アリーがいなくなったら、私は私でなくなるっ」

「エル、エル、しっかりして！　影なんかに負けないで、がんばって!!」

「くぅ……」

苦しげに呻き、唇を噛みしめるエルバート。唇が切れて、血が流れている。アレクシスはペロリとその血を舐め、エルバートに口付けた。

「エルなら、大丈夫。エル、大好き」

「アリー……」

チュッチュッとキスをするたび、エルバートの表情から険しさが消えていく。

しかしテレーザは、硬い表情のままアレクシスに離れるよう注意する。

「アレクシス様、危険です」

「エルは、ボクを傷つけたりしない」

そう言って口を開いて深いキスをすると、アレクシスの意識がグイッと持っていかれた。

——体の中央にモヤモヤとした影が溜まっているエルバート。アレクシスとのキスで、少し影が減る。

(あれ……?)

なんだろうと少しばかりそちらに気を取られながらも、口腔内を貪るエルバートに応えていた。

（影が、減っていく……どうして？）

その原因を探ろうと、ぼんやりとした頭でエルバートから唇を離す。

（あぁ、減らなくなった……やっぱりキスなんだ……不思議だなぁ。運命の番だから？　それとも、ボクが光魔法を使えるから？　最近、魔法の練習にってちょこちょこ浄化してるし……一応、治療魔法も使えるもんなぁ）

そしてまたエルバートの唇が近づいてきてキス。

少しずつとはいえ、影は減っていく。どうやらキスの濃厚さで減り方が変わるところをみると、体液のせいかもしれないとも思う。

そこで意識が現実へと戻ってきて、ひどく心配そうな、何か言いたげなテレーザと目が合った。大丈夫だと目で訴えると、ホッとした様子でナイフを持った手から緊張が抜けるのが分かる。

やがて馬車は城へと着き、エルバートは自室に隔離してもらうことにする。

アレクシスは父王との面会を求めて執務室へと向かった。

「エルバートの様子がおかしいそうだな」

「はい。昼休みに少し離れて、戻ってきたら影にやられていました。リーナを好きに……

っていうより、ボクを嫌いになるようにさせられているみたいですけど、キスでエルの中の影が減ったんです」

「キスで？　どういうことだ、それは」

「分かりませんけど……運命の番だから？　それともボクが無意識のうちに浄化や治療魔法を使ってるとか？　キスも濃厚なほうが減るから、体液かも……って思ったり……」

父親に言うには少しばかり恥ずかしい内容だが、アレクシスはさらに恥ずかしい要望を口にしなければならない。

モジモジしながら、エルバートと番になりたいと訴えた。

「番に？　まだ結婚式まで半年もあるぞ」

「そうなんですけど……リーナの影の謎を解くにはエルバートがいてくれないと怖いし、でもそのエルバートが影に操られては困るし……キスで影が追い出せるのなら、番になれば影も入り込めないんじゃないかなぁ……と。番の絆は強いから」

「うーむ……」

王族であり、神子でもあるアレクシスの結婚式は盛大に行われる。国民の人気が高いというのもあるが、他国への牽制の意味も大きかった。

その結婚式を、妊娠して大きくなったおなかで行うのは外聞が悪いと考えているのだろう。

アレクシスとしてもそれには同意なので、言葉を濁しながら訴える。

「えぇっと、あの……赤ちゃん……できないように気をつけるし……あの影をなんとかしないと、結婚式を台無しにされるかもしれないですよ。他国からの招待客もいるのに、兄様たちがリーナと一緒に騒ぎを起こしたら困るでしょう？」

「困るな」

「それなら、番にっ。番ができると能力が上がることもあるって聞いたことありますし。ボク、エルがリーナ側について一緒に文句を言ってきたり、いちゃつかれたりしたら、立ち直れない……」

兄たちと同じようにリーナの手を取り、可愛いだの美しいだの囁いているエルバートを見るのは耐えられない。影のせいだと分かっていても、心が折れそうな気がした。

「……無理……絶対、無理……」

まだ番になっていないから、こんなにも不安に駆られる。

番の絆は強く、そうそう切れたりしないので、おかしくなってしまったエルバートを元に戻すために、そのあとリーナと対峙するためにもどうしてもエルバートと番になりたかった。

「父様、お願い。ボク、エルと番になりたい」

涙目での本気の訴えには、父王も逆らえない。フウッと大きな溜め息をつき、それでも
「よかろう」と言ってくれた。

「アレクシスが、そうも願うのなら仕方がない。エルバートは、アレクシスの運命の番らしいからな。ただし、エルバートから完全に影が消えるまで、拘束を解いてはならぬ」

「わかった。ありがとう、父様！」

嬉しさのあまり小さい頃のように抱きついて感謝し、そのまま浮き浮きソワソワしながら浴室へと直行する。

男性体とはいえオメガであるアレクシスにつけられているのは侍女ばかりなので、十歳を超えた頃から一人で風呂に入るようにしている。

まずは髪を洗って、それから体も念入りに——これからエルバートと番になるのかと思うと、大いに照れながら足の指までしっかりと洗った。

部屋ではまだエルバートが拘束されたままのはずだ。アレクシスは湯に浸かることなく

浴室を出ると、侍女が用意してくれた衣服を身にまとって自室へと急いだ。

ドキドキしながら中に入ると、ベッドに座っていたエルバートが、ギロリとアレクシスを睨みつけてきた。

アレクシスが側から離れたことで、また影の影響が強くなったらしい。

魔力封じの腕輪で後ろ手に拘束されているから危険はないが、エルバートに睨まれると泣きたくなってしまう。

「うー……エルゥ……」

ずっとこんな目で見られるなんて、耐えられない。

エルバートの同意を得ないまま番になるのは申し訳なかったが、早くエルバートを正気に戻して、二度とリーナにつけ入れられないようにしたかった。

「リーナめぇ。なんでエルにちょっかいをかけるんだよ。エルがボクを嫌うようにするなんて、ホント最悪」

エルバートはアレクシスの運命の番だから、他の誰に嫌われるより傷つく。気力が萎えてしまう。リーナの謎の影どころではなくなるのが分かっているため、父王も番になるのを許してくれたのだと思う。

それでもってベッドサイドのテーブルには、潤滑剤と避妊薬が用意されていた。

「ボクの侍女ってば、相変わらず気がきくなぁ……」

ありがたいような、気恥ずかしくて困惑するような、複雑な心境だ。

けれど妊娠しやすいオメガにとって結婚前の性交には必要なものなので、ありがたく避妊薬を飲む。

「むむぅ……まずーい」

だから隣に果実水があるのかと理解して、その爽やかな甘さで口直しをする。

後ろ手に拘束されたままベッドに座らせられているエルバートは、やはり影の影響に苦しんでいる様子だ。アレクシスを憎々しげに睨んだと思えば、ブルブルと頭を振って植えつけられた嫌悪を振り払おうとしている。

アレクシスはそんなエルバートに近づき、その膝の上に乗って唇を合わせ、チュッチュッとキスをした。

「エル、大好き。ボクの、運命の番……」

「アリー……」

エルバートがアレクシスの名前を呼び、その目に少し力が戻っている。

(やっぱり、キスは効き目があるみたい……さすが運命の番)

唇を開いてエルバート誘い、舌を絡める深いキスへと移行する。

こんな状態でも、エルバートが自分を傷つけるとは思っていない。だから平気で舌を差し出せるし、元のエルバートに戻ってほしい、魅了が解けてほしいと思いながら甘く切ないキスを堪能する。

「――アリー……？」

キスの合間、怪訝そうなエルバートがしっかりとした表情と目でアレクシスを見つめてくる。

「あ、正気だね。もっとたくさん、キスしよう。それから、番になるんだ」

「番に……？　だが、結婚式は、まだ先だ」

「そうなんだけど、リーナなんていうおかしな子が出てきちゃったから。あれ、魅了なのかなぁ？　でもエルにかかってるのは、リーナを好きになるというより、ボクを嫌いになる呪いっぽいんだけど……魅了とは違うような？」

魅了は心を操る魔法の一種で、誰よりも美しく魅力的に思わせる。異性にかけることが多いが、同性の支持を得るのにも役立つようだ。

この国では、心を操る魔法は禁止となっている。程度の差はあれ犯罪扱いなのだが、証拠を見つけにくいのが難点だった。

王族や貴族が魅了にかかれば政変やお家騒動に繋がるので、状態異常を回避するための魔道具を持つのが当たり前である。

王子として質のいい魔石を使った最高級の魔道具を身につけているアーサーたちがあっさり魅了にかかったのも不思議だし、話に聞いている魅了とは違う反応を見せているエルバートの状態も不思議だった。

(なんなんだろう、本当に……)

力の強弱はあるものの、大抵の人間が魔法を使える中で、リーナのそれは異質だ。

分からないものは、恐ろしい。思わずブルリと震えると、エルバートが心配そうな声を出す。

「アリー……何があった？」

「ああ……エルが、リーナの魅了にかかっちゃったんだよ。今も、エルの中に例の影が残ってる」

「なんだと!?」

「ボクとのキスで影が減ったから、父様に番になりたいってお願いして、許可が下りたんだ。エルの中にリーナの影があるなんて、我慢できないから」

その言葉に、エルバートが思いっきり顔をしかめる。

「私が、魅了に……？　影は、番になれば追い出せるのか？」

「キスで減らせるんだから、大丈夫だと思う。番になるためには、体が作り替わるのに似てるっていうし……エルは、ボクと番になるの、いや……？」

思わず弱くなった声に、エルバートがフッと優しく微笑む。

「いやなわけがない。こんな形でというのは不本意だが、一刻も早くアリーと番になりたいと思い続けていたんだからな」

「よかった……」

番になりたいと父王に勝手に了承をもらってきたが、エルバートにいやだと言われたら無理には進められない。もちろん説得するし、最終的にはいいと言ってもらえると思うが、運命の番だと思っている相手に拒否されるのはショックが大きそうだった。

ホッとして、嬉しくて、思いっきりエルバートにキスをする。

「んー……」

口腔内をまさぐり合い、舌を絡める濃厚なキス。

どんどん熱烈になっていくキスにうっとりしながら、アレクシスはわざと焦点をぼやけさせてエルバートを視る。

（エル、正気に戻ったけど……影はしっかりあるなぁ。……ああ、でも、やっぱりキスしてると少しずつだけど影が減ってる……）

エルバートのおかげでやり方が分かったが、未来視でも過去視でもないこれはなんなのかなぁと思う。

（影だけじゃなく、リーナの本当の姿も見られたし……名前をつけるなら『真実視』？

うーん、なんだかしっくりこない……。それにしても……いやなものを体の中から追い出すには、やっぱり浄化魔法かなぁ？）

魔法の使用は属性によるものに加え、魔力、そして想像力がものをいう。

未来視のために魔法を使ってこなかったアレクシスはいろいろと未熟で、エルバートの中の影をなんとかしたいと無意識のうちにキスに浄化魔法を込めているというのはありそうだった。

アレクシスは影を気にしながらエルバートの上着のボタンを外し、シャツのボタンも外して、鍛えられた胸に手を這わせる。

脱がしてみて初めて気がついた、たくさんの傷。真剣での鍛錬の日はあらかじめ治療師を待機させているはずだから、これらはよほどの大怪我か、もしくは暗殺されかかって早期の治療ができなかったのかもしれない。

特に脇腹の傷は、致命傷になりかねなかったのでは……と思わせた。

高位の貴族は、命を狙われやすい。政敵や国内を引っ掻き回そうという諸国、爵位を欲する身内……それゆえ強力な魔法や身を守るための剣技も習得する。高位の貴族に火魔法を使うものが多いのは、攻撃力が高いからだ。

エルバートも公爵家の嫡男とはいえ無駄のない筋肉で覆われていて、いつだって軽々とアレクシスを抱き上げてくれる。

しかし今はまだリーナの影の影響が残っていて、いつまた魅了状態に戻るか分からないから拘束を解けず、アレクシスが積極的にいくしかなかった。

エルバートの体を後ろに倒し、好奇心のままエルバートの胸にチュッと吸いつく。

（男でも、乳首で感じるって本当かなぁ）

そう思って左の乳首を強く吸ってみれば、エルバートがビクリと震えるのが分かる。

（あ、ちゃんと感じてる。面白〜い……って、あれ？　体液を取り込まなくても、ちょっと影が減ってるような……）

エルバートの中の熱がグッと高まり、影を追い出しているようにも見える。なんでだろうと思いつつエルバートの乳首をこねくり回し、吸いついて様子を見た。

（ああ、減ってる、減ってる。こういう行為で減るんだなぁ。性欲は人間の三大本能だっていうし、やっぱり強力なのかなぁ。愛の勝利ってやつ？）

自分で考えながらえへへと照れ、効果があるならばとアレクシスはより積極的にエルバートの体に触れていく。

エルバートとの結婚式は半年後なので、夫婦の営みについてはすでに教えられずみだ。同じオメガ男性を教師役に、基本的なことから、旦那様の悦ばせ方までかなり詳細に教授された。

おかげでやり方は分かるが、エルバートが後ろ手に拘束されたままというのは、初めての営みなのにすごい状況だと思いつつ、楽しむ余裕もある。

「ア、アリー……」

珍しくも余裕のない声で、エルバートに呼びかけられる。

「ん？　何？」

「手の拘束を、外してくれないか？　私もアリーに触りたい」

「まだ、ダメ～ッ。エルの中に、リーナの影がいるんだもん。なくなるか、もっと減ってからね」

「しかし……」

されるがままというのは、エルバートにはつらいらしい。

けれどエルバートから完全に影が消えるまでは拘束を解かないと約束しているし、何よりこんなふうにエルバートを翻弄できるのは楽しい。

「ダメったら、ダメ～。なんか、こうやってエルに触ってると影を追い出せるみたいだし、消えるまではボクの好きにするんだ」

そう言ってエルバートのズボンのボタンを外し、下着をずらして立ち上がりかけている一物を取り出す。

「うっ……聞きしに勝る大きさ……ボク、大丈夫かな？　ちゃんと入る？　先生は、『大丈夫、大丈夫、気持ちいいんだよ』なんて言ってたけど……」

ブツブツ言いながら手で擦り、どんどん大きくなっていく様子に慄く。相手がエルバートでなければ、やっぱり無理と逃げ出したくなりそうだった。

「クッ……アリーッ」

苦しそうな、気持ち良さそうなエルバートの声。それが嬉しくて、怖さを押しのけてせっせと手を動かす。

真実視をしてみれば、やはりエルバートの快感が高まるにつれ、影は彼の中から追い出されるようだった。

(ああ、ずいぶん減ったなぁ。もう、ほとんどない。これならもう大丈夫かも……)

エルバートがかわいそうだしと、後ろ手に嵌めている魔力封じの腕輪を取る。

「うわわっ!!」

腕が自由になった途端、ビュンと飛びかかってきたエルバートに押し倒され、アレクシスは動揺する。

「ま、まだ早かった!? エル、正気に戻って〜っ」

「正気? あれだけ挑発されて、正気になど戻れるものか。アリー……覚悟はあるんだろうな」

「あ、そっち? よかった、影のせいじゃないんだ……」

ホッと安堵するアレクシスだが、エルバートに手早く服を剥かれ、全裸にさせられる。

そしてすぐさまエルバートが陰茎を咥え込んできた。

「あっ！　エ、エル……」

直接的で、強烈な刺激。舐められ、吸われ、手で扱かれて、アレクシスはブルブルと震えた。

「やぁ、んっ、エ、エル……」

「さんざん煽ってくれたからな。理性が消し飛んだ」

「で、でも、それは、エルがリーナに魅了されてたからで……」

「煽ったのは事実だろう？」

「そうだけど……」

なんだか自分のせいにされていると不満なアレクシスに、エルバートがクスリと笑う。

「アリーに誘惑されるのは嬉しいが、自分から触れないのはどうにも焦れったい。拘束されての行為は、上級者向けじゃないか？」

「だから、それはエルが魅了されちゃったからで……」

「ずいぶんと楽しんでいたようだが？」

からかうような目で見てくるエルバートの手の中では、アレクシスの陰茎が弄ばれたまま
まだ。

立ち上がり、雫を零すそこを指で弄られて、アレクシスの腰がビクリと震える。

「うう……もうちょっと拘束したままにしておけばよかった……」

「そうして、初めての行為を、私が手出しできないままでしようと？　それはダメだろう」

「だから、手、解いたのに……」

どうして責められているのかと、アレクシスは涙目だ。ゆるゆると刺激するばかりで、ちゃんと弄ってくれないのもつらい。

「番になれる喜びで高揚し、焦らないよう自分を押さえるので必死だ……少し時間を置かないと、アリーを苦しい目に遭わせてしまいそうだ」

「うっ……」

「私の中に、まだ影はあるのかな？」

その言葉に、アレクシスは目の焦点をぼかしてエルバートを見つめる。

「少しだけ……エルの感じからして、大丈夫そうだけど……」

「そうか……」

エルバートはしばし黙り、考え込む。

眉間に皺を寄せた深刻な様子に、アレクシスは心配になってしまった。

「エル？」

「私の中にまだ影があるというのなら、アリーの安全のために拘束したほうがいいかもしれない……」

雄芯を猛らせ、アレクシスの陰茎を弄りながら言うセリフではない気がするが、それだけにエルバートの葛藤を感じる。

このまま突き進みたいのに、アレクシスを思って万が一を心配しているのだ。

拘束なんて、されたいわけがない。それでも、そう申し出るエルバートに、アレクシスの胸がキュッと痛くなった。

「大丈夫だよ、エルだもん。影の量が多くて影響されていたときだって、ボクに怪我させたりしなかったと思うよ。もうすでに、これだけ薄くなってるし、その……してる間に、なくなる気がする……」

「そうか？　本当に？」

「うん。ボクとの触れ合いは、影に効くみたいだから。番になるようなことをすれば、吹き飛ぶと思う。それに、これからのことを考えると……リーナもあの影も、なんだか気持ち悪いし、怖いんだから……エルと番になっておいたほうが安心できる」

「確かにな。ふふ……おかげでアリーと番になれる」

どうやらエルバートは、迷いを吹っ切ったらしい。嬉しそうにギラつく目が、ちょっと怖かった。

「お、お手やわらかに……」

「大丈夫。理性の飛んだ状態になっても、たとえ影が悪さをしようとしても……絶対に、大切なアリーを壊したりしない」

「……」

(壊れなきゃいいっていうものじゃないと思う……いや、いいのかな? いやいや、お手やわらかにっていう言葉には、優しくしてねっていう意味があって……)

もうちょっと補足しておくべきだろうかとアレクシスが考えていると、再び陰茎をパクンと咥えられる。

「ひゃっ！」

アレクシスから驚きの声が漏れ、それはすぐに喘ぎへと変わる。

「やぁ……あ、ちょっ……エルゥ……」

我慢していた分を加算するような、濃厚な愛撫。慣れないアレクシスにとってはあまりにも強烈すぎ、目が回りそうだった。

それでなくても熱を持て余していた体に一気に火がつき、燃え上がる。エルバートの加減がないから、その熱の高まりは苦しいほどだ。

「あっ、あ……くぅ、ん……」

アレクシスの胸は大きく上下し、喘ぎの途切れる間がない。

わけが分からないまますぐにも暴発しそうな欲望を、一気に頂点へと持っていかれた。

「あ、あ、あああぁぁぁ――っ!!」

エルバートの口の中に吐き出すわけには……と腰を引こうとするが、許されない。

ガッチリと腰を掴まれたまま射精へと持っていかれ、アレクシスの全身がブルリと震えた。

すさまじい快感と、解放感。

一瞬の硬直のあと、グッタリと脱力する。

青い目をギラつかせたエルバートが、ペロリと唇を舐める様子が腹をすかせた肉食獣のようでゾクリとする。

「……これが、アリーの味か。まだ番になっていないから甘くは感じないが、今しか味わえないものだな」

「う……」

そんなことを言わないでほしいと、アレクシスはエルバートから目を逸らす。

彼から滴る色気と、骨まで食われそうな不安がアレクシスを襲い、嬉しいような怖いような複雑な心境になる。

いくら相手がエルバートでも、初めてのことに対する不安と恐怖は消えない。

エルバートの下腹部で猛り立つ雄芯の大きさは確認しているし、番になるための行為も痛くて苦しいものだと聞いている。怖くないはずがなかった。

それでも、エルバートと番になりたいという気持ちに変わりはない。

出会った子供の頃から、ずっと願っていたことなのだ。どんなに怖かろうと、やめるつもりはなかった。

エルバートはアレクシスを俯せにし、背中にチュッチュッとキスをしながら双丘を割り開く。

「……つっ」

排泄器官であり、オメガ男性にとっては女性と同じ意味での性器となる部分。自分でも見たことがないその場所を、エルバートの指が撫でてくる。

くすぐったさと、背筋を駆け抜けるゾクゾクとした感覚にジッとしていられない。思わず身動ぎしたところに指先が押し込まれ、ビクリとしてしまった。

「ああ、怖がらなくても大丈夫だ。無茶はしない」

「………」

奥に入り込むことなく離れた指は、サイドテーブルの潤滑剤へと伸ばされる。トロリとした液体は、受け入れるのを楽にしてくれるはずだ。

番になれば自然と濡れたりもするようだが、今はあったほうがいい。初めての行為に緊張が解けないアレクシスなので、軽い麻痺と媚薬成分が入っている魔法薬は大きな助けになるに違いない。

「うっ……」

実際、指が入ってきても痛くなかった。

けれど、異物感はひどい。指一本でも肌が粟立ち、無意識のうちに体が逃げを打ちそうになる。

「アリー……」

逃げないのは、エルバートの指だから。慣らすための挿入をしながらも、甘やかな声で名前を呼ばれ、緊張を解すためにか体を撫でられている。

愛されていると感じられるエルバートの扱いが、アレクシスに安心感を与えてくれる。

痛くて苦しいと聞いていても、それは番になるための試練だし、エルバートが無体なことをするはずがないと思えた。

それでも、体内をまさぐられる感覚はきついものがある。

潤滑剤の助けにより指が一本から二本に増やされ、中を擦ったり抜き差しされるたびにおかしな感覚が生まれる。

「くぅ、ん……」

痛みがないから耐えるのは異物感だけで、その分余計に指の動きを追ってしまう。

その異物感も次第に減っていくので、少しずつ快感へとすり替わっていく。

やはり相手がエルバートというのと、待ち望んでいた行為というのが大きい。アレクシスの受け入れようという意思が、体から硬さを抜いてくれる。

それに潤滑剤の軽い麻痺と媚薬効果がしっかりと効いている気がした。

「んんっ……あ、あ、んっ……」

肉襞を何度も擦られ、奥を突かれて、ビクビクと腰が震える。

甘い疼きがそこから湧き起こり、もっと強い刺激が欲しいと思ってしまう。

「痛みは、ない？」

「んっ、平気……」

秘孔をまさぐられながら背中にキスをされまくっているので、痕がたくさんついているかもしれない。

エルバートから影の影響は感じられず、アレクシスを傷つけないよう解すのに集中している様子だった。

何しろ、指は二本から三本に増えている。

さすがに少し苦しいが、エルバートの分身はこれより大きかったのでがんばるしかなかった。

異物感に耐えて、慣れるのを待つ——そして再び快感へと変わったとき、指がズルリと抜けていった。

「あ……？」

物足りなさと寂しさを感じて思わず後ろを向くと、エルバートにチュッとキスをされる。

「……」

甘く、濃密な口付け。

舌を絡ませるそれをしばし堪能してから離れたエルバートが、アレクシスの腰を持ち上げ、抱えた。

「力を抜いて」

「う、ん……」

いよいよなのだと覚悟し、ゴクリと唾を飲み込む。

やわらかく解れた蕾に熱いものが押し当てられ、グッと中に入り込んでくる。ジリジリと進む塊はやはり指とは比べものにならず、その大きさがアレクシスを苦しめた。

「うっ、くぅ……」

「絶対に、傷つけない」

囁きとともにうなじにキスをされ、体から力が抜ける。そしてその瞬間を狙ったように、ズズッと侵入が深まった。

「ひっ、あ！」

先の、太い部分がつらい。

そこさえ入ってしまえば少しだけ楽になり、エルバートが焦らないでくれたおかげで時間をかけてなんとか根元まで呑み込むことができた。

「――――」

ドクドクと脈打つものが、自分の体内で存在を主張している。

別の生き物のようだし、食われそうで怖いが、これはエルバートの分身だ。だから大丈夫、怖くないと自分に言い聞かせた。

「これは、ちょっと……止まらないかもしれない……」

何やら恐ろしい言葉とともに、エルバートの腰が動き始める。

「ひぁ！　あっ、あ……」

大きなものが肉襞ごと引きずり出され、鳥肌が立つ。なんとも表現のしようがない感覚だった。

そしてまた押し込まれるという抽挿を何度か繰り返していくうちに、アレクシスの中で快感が生まれる。

エルバートの手が前に回り、アレクシスの陰茎を弄り始めたことで、少しばかり混乱しているのかもしれない。

前での強い快感に、後ろの感覚が引っ張られる。

鳥肌は綺麗に消え、アレクシスの喉から甘ったるい声が漏れるようになった。

「あ……あ、んっ……は、あ……ん」

気持ちがいいのだと、素直に受け入れる。そのほうが楽なのを本能が知っていた。

アレクシスの変化を見てか突き上げが深く、激しくなっていき、中を掻き回される。ときおり感じやすいところを突かれて、ビクビクと腰が震えた。

何がなんだか分からないまま快感が高まっていき、遠慮ない前への愛撫のせいであっという間に頂点へと駆け上がった。

「あ……あぁぁぁ――っ！」

ギュッと瞑った瞼の裏にチカチカと火花が散り、全身が硬直した直後に中でエルバートの欲望が爆ぜるのを感じる。

力を失って崩れ落ちそうな体をエルバートがしっかりと支え、熱い吐息を吹きかけながら耳朶を甘噛みされる。

「はぁ……ん……」

熱がこもってつらい体に、刺激を加えるのはやめてほしいと思う。

朦朧とした頭でそんなことを考えていると、うなじに顔を埋《うず》められ、ペロリと舐められた。

「ひゃっ」

フンフンと匂いを嗅がれて、エルバートの舌が何かを確かめるように蠢く。

「エ、エルゥ……」

「番に、なろうかと思う」

「う……ん……」

いよいよかという思いと、体が繋がったままなのだろうかという疑問。

身構える前にチクリと歯が立てられ、直後に激痛がアレクシスを襲った。

「いっつ!!」

皮膚が破られ、肉に歯が食い込んでくる。

聞いてはいたが、あまりの痛みに思わず体が逃げを打った。

けれどエルバートにしっかりと抱きしめられているため、かなわない。顔を歪めて必死に耐えていると、そこから熱い何かが入り込んできた。

「くっ……う……」

異質で異様な感覚。侵入してきたそれが全身へと広がっていき、自分の体が変容していくのを感じる。

そのなんとも言えない熱が、痛みを凌駕している。

ゾクゾクと全身の毛が逆立つ感覚はとても長く感じられ、エルバートの歯が皮膚から抜けたときにはもうグッタリとしていた。

まだ細胞のざわめきは収まっていない。体内に取り入れた「何か」が馴染むまで時間がかかりそうだった。

「……匂いが、変わってきた」

エルバートが首の傷痕を舌でくすぐり、血を舐め取りながらうっとりとしている。アレクシスには感じられない匂いが分かるらしい。

「これで、もう、番……？」

「そうだな。まだ変化の途中のようだが、なんともいい匂いになってきている。とても甘

くて……旨そうだ」

エルバートの声に危険なものを感じると同時に、体内に収まったまま、少しずつ力を取り戻していた雄芯がズンと体積を増す。

「やあっ」

変わりゆくアレクシスの匂いに、エルバートが興奮している。アレクシスも熱を持て余している状態なので、つい先ほどまでの快感と直結した。

「あ、あ、んっ……」

ゆっくりと引き出され、押し込まれる。ずっと中に収まっていただけに、もう異物感はないから湧き起こるのは快感ばかりだ。

それだけでなく、番となったエルバートを全身で欲し、その存在を追い求めている気がする。

接合部から聞こえる、グチュグチュという水音が羞恥とともに欲望を高めた。

熱が、わずかに残った理性を溶かす。

「あ、あぁ、あ……」

激しく突き上げられ、掻き回される気持ち良さにエルバートの意識はとろけ、深い快楽へと沈み込んでいった――。

初めての行為は、アレクシスに多大なダメージを与えた。腰が痛くて痛くてたまらなかったのである。

番になる前に一度——その後、番になれた高揚のまま、二回もしてしまったのがよくなかったようだ。おかげで腰が立たない状態になり、食事も風呂もエルバートにお願いすることになった。

翌日もやっぱり痛みが取れていなかったので、二人で学園を休んでベッドでまったり過ごしている。

自分で腰に治療魔法をかけてみたが、いわゆる怪我とは違うせいか効果は少なかった。

エルバートからはもうすっかり影は消えてなくなり、どうしてなのか話し合う。

あいにくと行為中のアレクシスには余裕がなかったため、真実視でエルバートの影を見ることができなかったのである。

「キスとエッチで影が消えるなんてねぇ」

「私たちが運命の番だからか？　それとも、アリーは光魔法の持ち主だから、無意識のうちに浄化していたとか？」

「運命の番だからって考えるほうが嬉しいけど、浄化かなぁ……ありそう。エルにリーナの影が入っているのがすごくいやだったし、ボクは見たことないけど、瘴気ってあの影みたいな感じかな、似てる気がするから浄化で消えるかも……って思ってたから」

「動く影か……当然黒いんだよな？」

「うん、真っ黒。影だからモヤモヤ〜としたり、くっきり形になったりいろいろだけど、すごく禍々しい雰囲気なんだよ」

「瘴気とは少し違うな。あれは形になったりしない」

「本当に、なんなんだろう、あれ。よくないものなのは分かるけど……強い魅了って、ボクが見るとあんな感じなのかなぁ。比べようがないから、分からないや」

人の心を操る系統の魔法は軒なみ禁止になっているし、魅了は犯罪行為だ。魔物相手なら許されるが、人間が相手だと犯罪者として捕まることになってしまう。

当然アレクシスは魅了にかかった人間を見る機会などなかったので、エルバートのときと同じなのか比べることができない。

「それにしても……浄化で影を消した……ということでないと困るんだが。アーサーたちにキスをするのはなしだぞ」

「ああ、うん、それはすごくいや。じ、浄化だよ、きっと！　そうでないと困る‼」

「アーサーたちが学園から帰ってきたら、試してみないとな」

「うん」

王子二人が魅了にかかったままというのは、困った事態だ。

リーナに出会ってからというもの、勉強や鍛錬などをサボりがちになり、ぼんやりとしたり怒り出したりと情緒不安定らしい。それゆえアレクシスが城内でアーサーたちと遭遇しないよう、まわりが気づかってくれているとのことだった。

「エルがいてくれれば、うまくできる気がする。番って、こんな感じなんだね……」

目に見えない絆がしっかりと体に打ち込まれ、エルバートと繋がっているのが分かる。触れればエルバートの力がアレクシスの中に入ってくるし、アレクシスの力もエルバートへと注がれている。

もともとあった力が増幅し、今ならエルバートにリーナの影の入る余地がないのではないかと思った。

入ろうとしても、弾き飛ばせる気がするのである。それくらい、気力と魔力に満ち溢れていた。

「まだ結婚式前だが、番になったからには一緒に住まないとな。アリーと別に暮らすという選択肢はない」

「ボクも、離れたくないなぁ」

「家の改装を急がせないと……それまでどうするかは、陛下と相談だな」

「順番が逆になっちゃった。結婚式をして、みんなに祝福されてから番になる予定だったんだけど……」

「それは、本当にすまなかった。私が油断しなければ……。用事をすませてアリーのところに戻ろうと急いていたのは覚えているんだが……声をかけられて、振り向いた先にあの娘の目が……そこから、記憶が飛び飛びなんだ。――だが、私の言葉でアリーが悲しい顔をしたのは覚えている」

「うん……でも、大丈夫だよ。エルがそんなこと言うわけないって分かってたし、見るからに様子がおかしかったから、魅了されたんだってすぐに気がついたんだよ」

「あの娘に惚れたと思われたかと不安だった……」

「ちょっと違うかな。兄様たちは好きにさせる魅了っぽいけど、エルのは、ボクを嫌いになるようにしたみたい。聖女になりたがってるから、神子のボクが邪魔なんじゃないかな」

「心底、腹の立つ娘だ。アリーが邪魔？　私がアリーを嫌う？　そんなこと、ありえないのに」

「うん……信じてた。そう思えるだけの積み重ねが、ボクたちにはあるからね。第一、ちょっと離れている間に、大好きが大嫌いになるなんてありえないし。あまりにも変化が急激すぎておかしいんだもん。兄様たちだって、一目惚れしたにしろ、一気にまわりが見えなくなるのは不自然だし」

その言葉に、エルバートもうんうんと頷く。

「そもそも、あの娘の狙いはなんなんだ？　王妃の座を狙っているなら、アーサーだけ魅了すればいいのに、なぜアルフォンスやマルコム、ライオネルまで落としたのか……私にも、幾度となく誘いをかけてきたんだぞ」

「顔ぶれを見ると、将来的な権力の掌握っていう気がするけど……普通の、平民の女の子だよね？　野心的な貴族や、他国と繋がっているわけじゃないんだよね？」

「アーサーたちに接触した時点で暗部が調べ上げているだろうから、そんな意図が見つかっていたらもうこの世に存在していないはずだ」

「うちの暗部は優秀みたいだし……陰謀なしかぁ。うーん、わけが分からない……」

「そもそも、聖魔法の使い手が、なぜ魅了できるのかという疑問もある。あれは本来、闇魔法の領分なんだが」

「そうなんだよねぇ。聖魔法は浄化、治療、解呪だもんね。リーナは魔力もそう多くないっていう話なのに、どうして聖魔法が使えるかも分からないし……なんか、リーナっていろいろと違和感だらけ」

二人でうーんと考え込むが、結論は出ない。けれどアレクシスがリーナを刺激することでリーナが動いたから、アレクシスも危機を覚えてまた未来視できる可能性は高そうだった。

それに、真実視という能力を持つことができたのもリーナのおかげだ。これは、危機感と必要に迫られ、新たに生まれた貴重な能力だった。

「もう、絶対、本気で正体を暴いてやるんだからっ」

エルバートに手を出されたことで、アレクシスは怒っていたのである。魅了しようとしたと聞いたときも頭にきたが、アレクシスに嫌われるなんてとんでもないと怒髪天をついていた。

アレクシスの未来視は、大切なものに反応しやすいのが分かっている。だからこそ小さな頃はまわりにいる人々の危険を予知したし、少しずつ成長し、教育をされるに従ってその範囲は城、王都、国……と広がっていった。

そして、小さな危険について未来視することがなくなったのは、あまりにも未来視が頻発すると魔力の枯渇の心配があるため、無意識のうちにセーブしているのではないかとのことだった。

自分の意思で視られないのが歯がゆい。エルバートが魅了されるのも、未来視できていれば防げたのにと苛立たしかった。

ただ、そのおかげで予定より半年早く番になれた。この幸福感や充足感は話に聞いていた以上で、リーナという不気味な少女と対峙する心の支えになってくれる。

いくら互いを運命の番だと信じていても、実際に番になる前とあとではまったく違うと断言できた。

「エルと一緒なら、大丈夫」

「そうだな。これまでになく気力が充実し、体力も魔力も底上げされたのが分かる」

「体力も？」

「ああ。おそらく、身体能力も上がっている。今なら、一人でブラックアナコンダが倒せそうだ」

「それ、S級の魔物のような……」

「いや、A級だ。実践演習でレグノにあるダンジョンに挑んだが、なかなか手強かった」

「それを一人で？」

「いけそうな気がする。本当に、番というのは不思議だ」

「うん。番って、こんな特別な存在なんだねぇ」

ずっと一緒にいたいし、こうして見つめ合い、触れ合っていたい。

「あー……幸せ」

「私もだ」

目を合わせてフフッと笑い、どちらともなく顔を近づける。

「………」

やわらかく、甘いキス。重なった唇からあたたかいものが入ってきて、アレクシスの体をゆっくりと辿っていく。

番のあり方はそれぞれ違うというが、特別なのは確かだった。


午後もベッドでゴロゴロと過ごしていると、アルフォンスが帰城したという報告を受ける。

父王にはエルバートから無事に影が消えたと伝え、アレクシスはアーサーたちにも浄化を試みたいと言ってある。承認も得たので、アルフォンスは騎士たちによって拘束されているはずだ。

アレクシスがエルバートに抱かれてアルフォンスの部屋へと向かうと、思ったとおりアルフォンスは魔力封じの腕輪で後ろ手に拘束されていた。

「アレクシス、お前がこれを命じたのか!?　どういうつもりだっ。まさか、リーナに何かするつもりなんじゃないだろうな!!」

「なんでもリーナに結びつけるの、やっぱりおかしいよね……普通の思考なら、王位継承権の簒奪を疑いそうなものなのに」

「それだけ、リーナの魅了が強いということなんだろうな。リーナにとらわれすぎて、物事を考えられなくなっているようだ」

「エルも、魅了にかかっていたときはぼんやりしてたもんね」

どこかうつろな目と、アレクシスに向けた嫌悪、そして後悔――あんなにも様子がおかしくては、誰の目にも異常だと分かる。

しかしアーサーたちのように少しずつ魅了していけば、それは普通に好意からの恋情と見えるに違いない。

「リーナに手を出したら許さないぞ！」

「ああ、はいはい。――聖魔法の魔術師が二人か……」

アルフォンスが暴れた場合の対処のために、騎士が三人と魔術師が二人いる。

「近日中に、他の三人も戻る予定です」

「大体の説明はされていますよね？　兄様の中に影があって……おなかの、このあたりなんですけど……それを浄化で消せないかと思っています」

アレクシスが自分の腹部を指さしながら言うと、魔術師たちは困惑した様子を見せる。

「アレクシス様には、その影が見えるのですか？」

「んー……ちょっと待って……」

目の焦点をぼかしての真実視にも、慣れてきた。ギャンギャンと吠え立てているアルフォンスを視ると、下腹部に影がモヤモヤしているのが分かる。

アレクシスはエルバートに下ろしてもらってアルフォンスに近づき、その影に向かって手のひらを向ける。

「浄化！」

練習をしてうまくなってきたと思うのだが、いまひとつ効果が薄い。

「うーん――……」

オメガは魔力量が多いから身を守るためにもきちんと魔法を習うが、未来視ができるアレクシスは浄化の練習を始めたのも最近だ。そのため、どうしてもうまく使いこなせていなかった。

（エルとのキスでは、すごく影が減ったのに……）

かといってアルフォンスとキスをするのはいやなので、うんうん唸りながら浄化を続ける。

「やめろ！　気持ちが悪い!!」

キスほどではないとはいえ、効いているのは間違いない。アルフォンスはいやがり、やめろやめろと目を剥いて喚き立てる様子は異様だった。

「このとおり、浄化で効果があるみたいです」

「なるほど……しかし、私にはその影とやらが見えないのですが……」

「私もです」

「ああ、なんかボク、目の焦点をぼかすと、本来の姿や、視えないはずのものが視えるようになったんです。やっぱりボクの魔法は、『視る』のに特化しているみたいですね」

「素晴らしい！　さすがはアレクシス様です」

「類い稀な、二つ目の能力……素晴らしいとしか言いようがありませんな」

「真実視って呼んでるんだけど、未来視と同じでかなり魔力を使うらしくて、疲れるんでよね……。そういうわけで、代わりに浄化してほしいです。場所はここ」

「はい」

アレクシスが指さした場所に向けて魔術師たちが手を広げ、浄化を始める。

手のひらから溢れる光の量はさすがに五人しかいない聖魔法使いというところだが、派手に光っているわりに影の減りはそう多くなかった。

「うーん、あんまり減ってないかも。エルと違って、兄様はわりと長いこと影に入られていたみたいだからなぁ。それとも、やっぱり浄化するには視えていないとダメとか？」

「魔法はイメージが大切ですから。見えないものを消すのは難しいです。瘴気などは、目に見えますしね」

「それじゃ、光魔法の使い方のコツを教えてもらえますか？　ボクがやってみます」

「手のひらに光を集めます。あたたかく、優しい清浄な光です。集めて、集めて、それを悪い部分に照射します」

「はい」

言われたとおり頭でイメージして手のひらに意識を集中してみると、分かりやすく効果が上がる。

「おお！　影がごっそり減った～。すご～い」

真実視と並行しているせいか、魔力のほうもごっそり減ったが、まだまだ大丈夫と分かる。後ろから抱きつき、ピッタリとくっついているエルバートが力を与えてくれている気がした。

「――うん、これなら成功しそう。イメージかぁ」

イメージが大切というなら、アレクシスが影をもっと具体的にどんなものか伝えればいいのかもしれないと思った。

両手で大きな輪を作ってアルフォンスの体に当て、真実視で視える影を表す。

「ここに、このくらいの大きさで、黒い影がモヤモヤしてます。たぶん、瘴気と似ていると思うから、瘴気をイメージするとやりやすいかもしれません」

「分かりました」

「やってみます」

魔術師たちが手のひらをアルフォンスの下腹部に向けて光を放つと、影が一気に薄くなる。

「うわぁぁぁ！　やめろ、やめろーっ」

「おお～っ。効いてます、効いてます！　さっきと全然違う～。今、ここに、このくらいの大きさになりました」

「はい！」

魔術師は二人とも瘴気を消したことがあるらしく、大きさを示すとイメージしやすいようだった。

聖魔法の光はアレクシスには効かないし、どちらかというといいものだから、気にせず手で影の位置と大きさを示し続ける。

真実視は疲れるし、まだアーサーやマルコムたちも浄化しなければいけない。

それにクラスの男子生徒など浄化すべき人数を考えると、魔術師たちにがんばってもらわないと困ってしまう。アレクシス一人で浄化するには大変すぎるのだ。

「ぐぅぅ。く、苦しい！　うがぁぁぁ」

二人の能力は、極めて高い。影がグングン小さくなっているし、慣れれば場所を教えるだけでできそうだ。

「――ああ、どんどん小さくなってます。あと、少し」

なんとなく最後はアレクシスも協力したほうがいいかなと思って、手を当てて浄化の光を放つ。

完全に、跡形なく消してしまいたい。少しでも残しておくのはいやだった。

そのために真実視を使ってアルフォンスの頭から爪先までしっかりと視て、手を動かしていく。

「——うん、大丈夫。綺麗になくなってる」

よかったと安堵の吐息を漏らし、クテッとエルバートに凭れかかる。

「疲れたぁ……」

やっぱり、真実視と浄化の併用は疲れる。おまけにアレクシスの体にはまだ番になったダメージが残っているのだ。

「でも、アルフォンス兄様が成功したんだから、アーサー兄様も浄化したほうがいいよね。アーサー兄様が帰ってたら、拘束してください」

「はい」

「かしこまりました」

魔術師と騎士たちが部屋から出ていくと、エルバートはアレクシスを抱き上げて椅子に座り、チュッチュッとキスをする。

傍らでは、アルフォンスが気絶していた。

「お疲れさま。さすが、アリーだな。これでもう、アルフォンスは大丈夫なのか？」

「今はね。でも、またリーナに会ったら、魅了をかけられちゃうかも」

「繰り返しになってしまうな。アリーの負担になるから、学園に行かせずに、城で反省のための勉強と鍛錬漬けにすればいいのではないかな」

「それも一つの手だね。大本のリーナをなんとかしないとなぁ……あ、でも、あの影は浄化で消せるって分かったし、リーナに魔力封じの腕輪をつけちゃえばいいのか」

「アリーが未来視や真実視で視た、髪と目の色が違う理由と、魅了という闇魔法を使いながら、反対の属性である聖魔法が使える理由が解明されていない。油断は禁物だ」

「あ、そうか……普通の魅了と違うんだよね。リーナが使えるのが闇魔法だけだったら、スッキリするのになぁ」

「闇魔法でも、不特定多数に髪や目の色、顔を違って見せるのは難しいぞ。それを魅了と並行しつつなのだから相当なものだ。大魔術師と呼ばれるレベルだと思うが、学園の試験で測ったリーナの魔力量はそんなに多くない」

「そこもスッキリしない理由なんだよね。リーナの魔力量がもっと多ければ、もしかして──ってこじつけられるのに」

リーナには得体の知れない不気味さが漂い、どうにも手を出しかねる。侮って捕縛にかかれば、恐ろしい隠し玉を持っているかもしれなかった。

「まず、あの力の源を知らないことにはな……アリーにしかできないことだ」

「うん、がんばってみる。リーナが力を使うところを視られればいいんだけど……」

そしてそのときに、うまく真実視をしなければならない。リーナはアレクシスにキャンキャン噛みついてくるのだが、目の前で力を使う素振《そぶ》りがないので難しかった。

深く魅了されていたアルフォンスは、浄化されている間ずっと喚き立て、暴れようとして大変だったが、今は気絶したように寝入っている。

後ろ手に嵌められていた魔力封じの腕輪も外され、その寝顔はやつれているものの穏やかだった。

しばらくするとアーサーの準備が終わったと言われて、エルバートに抱っこされたまま移動する。

アーサーもまた魔力封じの腕輪で後ろ手に拘束され、椅子に縛りつけられていた。

「お前がやらせたのか、アレクシス!! リーナを苛めるつもりなら、容赦しないぞっ」

「いや、だから、どうしてこの状況でリーナ? アルフォンス兄様といい、重症だなぁ」

二人とも少しずつリーナに傾倒していって、それに伴い政務の勉強や鍛錬などに身が入らなくなっていったという。

やれやれと思いながら喚き立てるアーサーを無視し、先ほどと同じようにアーサーの腹部を指さして両手で輪を作る。

「ここに、このくらいの大きさで黒いモヤッとした影があります」

「はい」

「かしこまりました」

浄化は二人に任せて、アレクシスは真実視にだけ集中する。

「……うん、ちゃんと減ってます。いい感じ」

両手で示した輪を、影の減少に従って小さくしていく。

順調に小さくなる輪に浄化の光を当て続けてもらって、先ほどよりずいぶんと早く消えてなくなった。

「はい、大丈夫です。消えました。念のため、確認を。んー……」

アルフォンスにやったように、真実視で頭から爪先まで視ていく。特に、影があった腹部は念入りにだ。

「――うん、綺麗に消えた。アルフォンス兄様より早かったのは、二回目だからかな？」

「魅了のかかり具合かもしれないぞ。アルフォンスは気絶したが、アーサーは大丈夫そうだ」

喚き立てる言葉もアルフォンスほどひどくはなかったし、浄化されるに従って喚き声は消えていき、今はどこかぼんやりしている。

「兄様、大丈夫？」

「……なんだろう……頭のモヤが晴れた感じだ……」

「どこか痛かったり、気持ち悪かったりは？」

「それはない。久しぶりに、しっかりものが考えられる気がする。ずっと雲の上を漂っているような……霞の中でもがいているような感覚だったからな」

「そうなんだ……よかった。大丈夫そうだね」

そこでアレクシスはアーサーにこれまでの出来事を説明し、リーナの不思議な力について話す。

「そんなバカな。私は、肌身離さず魔道具を身につけている。この国で最高級のものだぞ」

「そうだけど、魅了にかかっていたのは事実だからね。……今、リーナのことを思い出して、どう思う？」

「可愛らしい少女だとは思うし、平民でありながら聖魔法を使えるとなると、ある程度の配慮が必要だな。聖魔法の使い手は、貴重だ」

「そういう政治的なことじゃなくて、好きとか愛しているとか、そういうのは？」

「そんな気持ちはない……のだが、何やらおかしいな。ついさっきまで、私はリーナのことが好きで好きでたまらなかったはずなのに」

「それは、魅了のせいだよ」

「ずいぶんと、バカげた行動をとったような……気がする……」

「残念ながら、気のせいじゃないんだよねぇ。いろいろやらかしてるし、セラフィーナ様にたくさん迷惑をかけてるから、謝ったほうがいいよ」

「そうする。セラフィーナなら、私が謝罪すべき相手を把握してくれているだろう」

「そうだね」

アーサーは王太子という立場だからそう簡単に頭を下げたりはしないが、傲慢で無分別な態度をとったままだと将来に禍根を残しかねない。賢王として名高い父に強かさを教わっているアーサーは、舐められないよう、借りを作らないように気をつけながら謝罪を示す必要があった。

それにはセラフィーナの協力が不可欠で、アーサーはしばらくセラフィーナに頭が上がらないなと同情する。

「兄様たちは、もうリーナに近づかないでほしいんだよね。学年が違うから、そう難しくないと思うけど、待ち伏せの可能性があるからなぁ。もしリーナと会っちゃったら、絶対にリーナの目を見ないで、早々に立ち去ること。どうも、目を合わせると魅了されるみたいだから。リーナの力の謎が解明されるまでは不審に思われたくないから、リーナを拒絶するような態度は困るんだ」

「しかし……王族を魅了したんだぞ！　すぐに処刑すればいい」

「簡単にできるか分からないのが問題なんだ。聖魔法の治療をしながら、闇魔法の領分である魅了を使うなんておかしいでしょ？　しかもリーナの本当の姿はたぶん茶色の髪と目なのに、見る人すべてにピンクだと思わせてるんだよ。これは闇魔法でも相当な実力がないとできないはずだから、余計に聖魔法が使えるのが理解できないんだ」

「なんだ、それは……そんなことがありえるのか？」

「不思議でしょ？　ボクの未来視みたいに、今までにない能力の持ち主なのかも……リーナに何ができるか分からないと、怖くて手が出せないんだよ」

「うーむ……しかしそれでは、アレクシスが危険じゃないか？　あれと同じクラスなんだから」

「ボクは大丈夫。エルがいるもん。エルとは番になったし、なんというか、こう……強くなった感じがあるし……」

「番になったのか!?」

アーサーの声には祝福と、まだ結婚式をしていないのにという非難が含まれていて、アレクシスはムッと口をへの字にする。

「リーナのせいだよ。隙をついて、エルを魅了したんだ。エルがリーナに魅了されたままなんて許せないから、番になったんだよ」

「……魅了と、番になった因果関係が分からないんだが……」

当然の疑問ではあるが、答えるのはちょっと恥ずかしい。

「それは、そのー……エルにキスしたら、エルの中の影がちょっと減ってね……キスが深くなるともっと減ったから、番になるのがいいのかなぁと……」

「キス？」

「エルはボクの運命の番だから、キスが効果的だったのかも？　リーナの影がエルの中にあるのやだやだって、無意識のうちに浄化していたのかもしれないし……兄様たちにキスするのはいやだから、浄化が効いてよかったよ」

「浄化とキスは関係ないんじゃないか？　ますます、分からないな」

「だよねぇ。自分でも、わけが分からない。だからボクは、同じクラスでリーナを観察するつもり。兄様たちを浄化するのにかなり魔力を使ったから、もうリーナに魅了されないよう気をつけてもらわないと」

「分かった。礼を言う」

「うん」

そこで魔術師が、アーサーが首から下げていた状態異常を無効にする魔道具の変化に気がつく。

「浄化する前に赤かった魔石が、真っ黒になっております。ヒビも入っていますし、どうやらダメになっているようですね」

「浄化で壊れるなんてある？」

「聞いたことがありません。浄化で壊れたのではなく、影の抵抗のせいとか、もしくはもともと魅了で壊されていたのを、壊れていないように見せかけていたとか……」

その言葉に、エルバートが深く頷く。

「ああ、そちらのほうが可能性が高そうだ。あの娘は、目くらましが得意なようだからな」

「でもそれって、物にも魔法がかけられるっていうことだよね？　やっぱり、すごい力じゃない？　いやだなぁ」

闇魔法が嫌われるのは、目くらましで安物を高く見せかけて売りつけたりするからだ。けれど大抵はしばらくすると元に戻るのに、アーサーの魔道具はずっと正常な姿を保ったままに見えた。

そしてそれができるとなると、国のお抱えとなってもおかしくないレベルの魔術師ということになる。敵とするには、とても厄介な相手だ。

「魔力、少ないはずなのにぃ」

やっぱり、どうにも不気味な少女だと、アレクシスは大きな溜め息を漏らした。

★
★
★

二人の兄を解呪した翌日。仲良く登園した二人は、今まで以上にくっついて過ごすことになる。

さすがにエルバートの膝に座ったりしないが、机をくっつけて、席についてもずっと手を繋いでいた。

おかげで教室に入ってきたリーナの目がキリキリと吊り上がる。

「ちょっと～。朝から、エドワード様を拘束ですか？　かわいそうだから、やめてあげてくださいっ」

「拘束なんてしてないよ。手を繋いでるだけだし。それにボクたちは番なんだからいいでしょ」

「番!?　あなたとエルバート様が!?」

「ああ、そうだ。アリーと私は、番になった」

「そんな……だって、そんなはずないわっ。エルバート様は、あなたのことを嫌いになったはずだもの」

その言葉で、エルバートの気配がスッと凍りつく。

「……なぜだ？」

「え？」

「なぜ、そう思う？」

地を這うような殺気のこもったエルバートの声に、リーナは目に見えて動揺した。

「き、昨日……エルバート様と話したとき、そう言ってたから……」

「覚えがないな。妄想か何かでは？」

「そんなことないもん！　本当に嫌いになったんだからっ。なのに、なんで番になるのぉ。おかしいわ……絶対おかしい」

その言葉の意味が分かるのは、五人だけだ。テレーザと護衛の二人にも、エルバートやアーサーたちの詳細を教えている。

テレーザたちは表情に出さないものの、リーナに憤りを感じているのは間違いなかった。

「あんたが何かしたんでしょ!!」

そう言ってアレクシスに詰め寄るリーナに、テレーザが手にした棒を突きつける。

「それ以上、アレクシス様に近づかないよう警告します」

「何よ、あんたっ」

「アレクシス様の侍女です。女の力でも、骨を砕くくらいはできますよ」

「………」

「お下がりなさい」

「な……何よ、何よ、偉そうに！　なんであんたなんかに命令されなきゃいけないの⁉　私は聖女よっ」

「まだ認定されていない以上、あなたはただの平民です。子爵家の娘の私が、アレクシス様をお守りするために命じて何が悪いのですか？」

「子爵家？　なんで貴族が侍女なんてしてるのよ」

「王子様方の侍従や侍女は、貴族がなることも多いのです。貴族社会では常識ですわ」

「だって、だって、貴族なのに？　そんなのおかしい……」

「今度は王族と貴族批判ですか？　学園内だから大目に見られているとはいえ、外だったら大変なことになっておりますわよ」

「わ……私は、聖女なんだから！　アーサーたちだって、思ってることを素直に言う私が素敵だって言ってくれてるのよ。王子様たちがそう言うんだから、私は悪くないわ」

「あなたって、本当に……」

テレーザはその先を口にせず、深い溜め息のみですませる。

「授業が始まりますわよ。席にお戻りなさい」

「何よっ、偉そうに！」

さらにキーキーと文句を言おうとしたリーナだが、女性教師が入ってきたため口を噤む。

「はい、みなさん、席に座ってください」

リーナの魅了だか洗脳だかは、女性には効きにくい。反感を持っているから弾くのか、もしくはその反感こそが魅了の結果ということもありえた。

女性に自分を苛めさせて男性の同情を買い、自分を好きにさせる——男子生徒たちがリーナに夢中になるのは大抵そのパターンらしい。

男子生徒と女子生徒とが反目し合っていて、リーナのクラスはピリピリとした険悪な雰囲気だった。

ベータばかりの平民にとってアルファとオメガの番関係はお伽話のようなもので、自分たちとは関係ないからそれほど詳しくないのだ。

平民であるリーナも番の意味がよく分かっていないのか、しょっちゅう「エドワード様がかわいそう」「解放してあげて」と突っかかってきてうるさい。

リーナが魅了を使うところも見ることができず、無為に日々が過ぎていった。

そんなある日、廊下を移動しているとき、走ってアレクシスを追い抜いたリーナがハンカチを落とした。

ヒラヒラと、まるで何かに導かれるように目の前に落ちたそれを思わず拾ったその瞬間、いつもの感覚にとらわれる。

念願の未来視がやってきたと心の片隅で喜ぶが、どうも様子が違っていた。視えるのは未来ではなく、リーナの落としたハンカチのみなのである。

(……これ、絹のハンカチだ。平民平民言ってるのに、絹?)

おまけに豪華で美しい花の刺繍がされていて、かなり高価なものと分かる。

その疑問は、マルコムがリーナにこのハンカチを渡しているシーンが視えて判明する。

（マルコムがあげたんだ……婚約者以外の女性に贈り物をするなんて……）

そしてさらに時間が巻き戻り、リーナがマルコムとライオネルに、ハンカチがずたずたにされたと泣いて訴えている場面に変わる。

（ああ、それで……。苛められてるっていうのは、本当のことだったんだ……だからって、セラフィーナ様たちがそんなことをするわけないけどね）

他の女子生徒がしたのだろうかと思っていると、また場面が変わる。

（……ウソ！　自分で、ナイフでハンカチを裂いてる……信じられない。どうしてそんなことを？）

ニヤニヤ笑いながら小ぶりのナイフでハンカチを切り裂く姿は、とても不気味だ。

それに、凝った意匠のナイフがとても気になる。銀色ではなく、黒光りする刃がなんだか禍々しく見えるのだ。

そこで過去視が終わり、アレクシスはフウッと大きく溜め息をつく。ものすごい疲労に襲われていた。

「……戻ってきたな。よかった。大丈夫と分かっていても、未来視をするアリーの様子は心配になる」

「ん……今の、未来視じゃなくて、過去視だった……ハンカチを触ったからかな？　このハンカチの過去……どうしてマルコムからもらうことになったのかが視えたんだよ」

「まぁ、過去視まで？　すごいですわ、アレクシス様」

「陛下に報告することが増えたな。テレーザ殿、アリーはこれまで、こんなにも頻繁に未来視や過去視をすることがあったのか？」

「いいえ、初めてでございます。幼い頃は小さなことから大きなことまでいろいろ視られていたようですが、ある程度成長されてからは、主に国の大事に関わることを視られるようになりましたから。ここ数年は、年に五、六回……多くても十回というところでしょうか」

「それだけ、大変な事態ということなのか？　世継ぎである王太子と第二王子が魅了され、おかしくなっては、国が大きく揺らぎかねないからな」

「おかげでボク、大変……視るの、疲れるんだよ……」

ハーッと大きく息を吐き出すが、その代わり、かなり有力な手がかりを得たような気がする。

「物に触れれば過去視ができるんなら、リーナのナイフに触りたい。制服のポケットに入ってるみたいなんだけど」

「ナイフを持ち歩いているんですか？」

テレーザが眉を寄せるのは、学生は帯剣を許されていないからだ。アーサーたちでさえ、剣を持っていない。

学園に施された結界は王城なみに強固なもので、許可のない武器や魔道具を身につけていると中に入れないはずだった。

だからこそリーナが、ナイフを持っているというのが信じられない。王太子であるアーサーやアルフォンスたちを、いつでも殺せたということになりかねない大問題だ。

「ナイフが特殊なのか、それともやはりあの無礼な娘が……」

「なんだか、すごく気持ち悪いナイフだったよ。魔剣か、魔道具かもしれない。あれ、手に入らないかな？」

「アレクシス様がそうおっしゃるなら、暗部に手に入れてもらいましょう」

「お願い。呪い系の魔道具かもしれないから、気をつけてねって伝えて」

「かしこまりました」

テレーザはアレクシスが握りしめていたリーナのハンカチを受け取り、マルコムの父親である宰相に渡して息子の浅はかな行動を注意するよう言うとのことだ。

アレクシスはエルバートにくったりと凭れかかったまま、小さく欠伸を漏らす。

過去視は初めてのせいか、魔力をごっそり持っていかれた感じがあった。

「今日はもう帰ったほうがいい。疲れた顔をしている」

「うん……疲れた……」

まだ今日の授業はあるが、それどころではないアレクシスを、エルバートが抱き上げて馬車へと連れていってくれた。

エルバートの膝の上に乗せられ、その腕に包まれると、一気に眠気がやってくる。

「城に着いたら部屋に運んであげるから、安心して眠るといい」

「ん……あり…がと……」

エルバートがいてくれれば、心配することは何もない。初めての過去視で疲労を感じていたアレクシスは、スーッと眠りの世界に沈み込んでいった。

夕食の時間だと起こされるまで、アレクシスはエルバートの腕の中で熟睡していた。馬車から自室に移動されたのも覚えていないし、寝間着に着替えさせられていた。

それだけ深く、ぐっすりと眠ったおかげで頭はスッキリとし、疲労も綺麗に消えていた。ずっとエルバートが一緒にいてくれたから深く眠れたし、失った魔力も簡単に戻ったのだと思う。

こんなふうにのんびり二人でいられるのは、エルバートが学生でいる間だけだ。学園を卒業すれば、未来の公爵として執務の一端を担うことになる。

日中は忙しいはずだから、ずっと一緒にいるというのは難しい。今だけだと思うと余計に貴重で、アレクシスはエルバートにピタッとくっついた。

「甘えん坊だな」

「甘えたい気分なんだもん」

抱きしめ合い、見つめ合って、キスをして――二度目のノックと声かけに、渋々「今、行く～」と返事をした。

隣の居間に、夕食が用意されている。空腹なのは間違いないので起き上がり、手を繋いで寝間着のまま居間へと移る。

ここはアレクシスのプライベートな空間なので、寝間着で食事をしても説教されないですむのが嬉しい。侍女たちも心得たもので、テーブルの向かいではなく椅子を隣り合わせにくっつけてセッティングしてくれている。

好物のハンバーグを前に、アレクシスは喜びの声をあげた。

「わ〜。チーズが載ったハンバーグだ。これ、大好き」

エルバートのハンバーグはアレクシスの二倍はあるし、挽き肉だけでなく叩いてやわらかくしてから小さく切った肉も入っていて食べごたえがあるように作られている。

二人の食べる量や体調を把握しての料理なので、当然口にも合う。

「ん〜、美味しい！　このソースが最高」

「消化に悪いから、ゆっくり食べような」

「うん」

ソースのお代わりをもらったりしながら美味しく食べ終え、紅茶を飲んでいると、テレーザが魔術師を連れて戻ってきた。

「アレクシス様、リーナのナイフをお持ちしました。それと、聖魔法の魔術師も念のため一緒に」

「さすが、仕事が早い……」

お願いしたのは今日の午後なのに、早速手に入れてくれたらしい。

魔法陣の縫い取りがされた布に包まれたそれを受け取り、テーブルの上に置く。

「魔道具の製作者や魔術師たちに調べさせましたが、呪いはかかっていないそうです。ただ、リーナの魔力がこもっていて、その布で包んでおかないとリーナに呼ばれる可能性があるとか」

「そうなんだ……魔道具ではあるんだね」

慎重に布をずらし、不気味に捻じれた意匠の柄と、黒光りする刃に溜め息が漏れる。

（触りたくないなぁ……）

こうしてアレクシスのところに持ってきたのは、直接的な危険がないからだ。それが分かっていても、触りたくないという気持ちは強い。

けれどそうも言っていられないし、エルバートがしっかりと抱きしめてくれているから勇気が出た。

（このナイフの、過去……）

強くそう思念を込めつつ恐る恐る触ってみると、夜の市場でリーナがフードを被った人物からナイフを買うところが見える。

台の上に並べられているのは、多種多様なロウソクや香油などだ。瓶に詰められた不気味な粉や干した蝙蝠や蛙といったものもあるから、怪しい薬などを売っているのかもしれない。

夜店に出ているあたり効果は疑問だが、リーナに渡したナイフは店先に並べてあったものではない。店主が大きなつづらの中から出した小箱の中に収まっていたものだ。リーナも、小さなナイフにしてはずいぶんと高い値段で買い取った。

そして場面が変わり、リーナが自室らしい場所で魔法陣を書いている。使っているのは鶏の血で、アレクシスの知っている魔法陣とはまったく違ったものだ。書いている文字らしきものも見たことがない。

「大丈夫。前世で、魔法陣は何十回も書いたんだから。うん、ちゃんと覚えてる。どうせ悪魔を呼び出すんなら、強いほうがいいわよね」

(悪魔って何？　前世？)

「前世には魔法なんてなかったから失敗したけど、ここなら……私にも、少しは魔力があるわけだし。大丈夫、今度こそ成功するわ」

リーナはナイフで指を傷つけて書き終えたらしい魔法陣に自らの血を垂らし、聞いたことのない呪文を唱え出した。

(何、これ……どこの国の言葉？　リーナはやっぱり、他国の間者なのかな？　でも、前世って言ってたし……どういうことなんだろう？)

わけが分からないと思いつつ、何一つ見逃すまいと集中する。

リーナは呪文を唱えながら魔法陣の中央の模様の中で、生きた鶏の首を掻き切る。

するとその数秒後、魔法陣に山羊の頭を持った男が現れた。

(ミノタウルス……じゃないよね？　牛じゃなくて山羊だし。何？　これが悪魔？　怖い、怖い、怖いっ)

背筋にゾッと悪寒が走り、あれはよくないものだ、邪悪で恐ろしいものだと本能が警鐘を鳴らす。

逃げ出したくてたまらないが、これはあくまでも過去の出来事なのだと自分を宥め、ちゃんと視ないと……と必死で恐怖を抑え込む。

「ああ、ついに！　ついに成功したわ!!」

「我を呼び出したのは、そなたか。名は？」

「リーナです！　やっぱり、悪魔はいたのね！　どうか、私の願いを聞いて」

「それは構わんが、代償はそなたの魂ぞ。まぁ、我を呼び出した時点で、我のものになったがな。……しかし、ここはどこだ？　何やらおかしな空気だ」

「地球じゃないんです。たぶん、まったく別の世界。だってここでは、魔法が使えるんですよ。だからこそ、地球で失敗した召喚が成功したと思うんですけど」

「別の世界……ふむ、なるほど。だから、ここから出られぬのか。この世界は、我を拒んでいるようだ」

「えっ、そんなの困ります！　ようやく呼び出せたのに」

「そなたの魂は、すでに我のもの。そなたの中に入れば、問題ない。力のほうも……うむ、我の本来ほどではないが、それなりに使えそうだ。新たな世界を掻き回すのも楽しそうだな。して、そなたの願いは？」

「私、こんな食事処の一人娘として一生が終わるなんていやなんです。だから私をすごく可愛くして。髪と目も他の人と違う……そうね、ピンクがいいわ。男の人が一目で好きになる可愛さが欲しいの。あと、聖魔法よ。聖魔法があれば、王族や貴族が通う魔術学園に行けるから。王太子と第二王子も通ってるし、うまくいけば未来の王妃だって夢じゃないわ。王子たちがダメでも、絶対伯爵以上の男を捕まえるんだから」

「ほう、王妃か……それは面白い。しかし、聖魔法とな……」

魔法陣についたリーナの手を伝って、悪魔がスルリとリーナの中に入り込む。

「ふむふむ。なんとも面白い世界だ。人間ごときが、魔法をこのように普通に使えるとはなぁ。……容姿は、我がそなたの中にいるかぎり、そなたの思うように見せてやろう。しかし、聖魔法とやらは無理だな。これは、我の領分ではない」

「そんなの困るわ！　普通の魔法じゃ、よほど魔力が多くないかぎり魔術学園に行けないもの。それに普通じゃ王子様たちに注目してもらえないでしょ。どうしても聖魔法が必要なの」

「ふーむ、まぁ、見せかけるだけならそう難しくない。目くらましは我の得意とするところだからな。どうやら我は、どす黒い欲望でいっぱいのそなたから離れられないようだから、そなたが死ぬまでこの世界をたっぷり楽しませてもらおう」

「えっ、そうなの？　じゃあ、私が死んだらどうなるの？」

「元の世界に戻ることになるだろう。人間の寿命は短いから、その間だけでも楽しむさ」

「ふーん。それじゃ、楽しむためにもしっかり私を手伝ってね。私が高い地位についたほうが、あなたも楽しめるでしょ。私は貴族になって、毎日贅沢に暮らしたいの。綺麗なドレスを着て、召使いたちに傅かれて、美味しいものを食べるのよ。他の女に頭を下げるなんてごめんだから、やっぱり王太子狙いでいこうかしら」

「まこと、欲深い娘じゃ。面白いのぅ」

悪魔がワハハと笑ったところで過去視は終わり、アレクシスはナイフから手を離す。

ガクリと力の抜けた体は、エルバートがしっかりと抱きとめてくれた。

「大丈夫か？　顔色が悪い」

「うー……強烈だった……二人の邪悪さに中てられた感じで……過去視だからよかったけど、あれと対面するのはいやだなぁ」

リーナが他の世界から呼び出した悪魔という存在は、邪悪の塊だった。異形な姿からして恐ろしく、嬉々として迎えていたリーナが信じられない。

「このまま寝ちゃいたいけど、父様に報告が先……なんか、思ってた何十倍も危ない感じだった……」

「そうなのか？」

「うん。リーナって、とんでもない子だよ。ふぅ……」

疲れて動けないアレクシスを、エルバートが抱き上げてベッドへと連れていってくれる。楽で嬉しいなぁと、アレクシスは体から力を抜いた。

「陛下に連絡を向かわせたから、呼び出しがあるまでに着替えをしておかないと。……過去視はずいぶん疲れるようだな」

「まだ、慣れてないから……今回のは、精神的なダメージがきつかったよ。たぶん、使う魔力は未来視と同じくらいかなぁ？　真実視が一番楽かも」

自分の意思で視られるのも、真実視だけだ。リーナの件以外で使い道があるか疑問だが、自分の意思でというのが嬉しい。未来視のように、悲惨な災害や事件というわけではないのもありがたかった。

「未来視怖いけど、過去視も怖い……」

触りたくなかったあのナイフの過去を深く視ていったら、絶対に凄惨な現場を視せられる予感がある。

禍々しい気配が漂っているナイフが吸った血は、一人や二人ではない気がした。

「んもう。リーナのせいで、すっごく怖い！　エル～ッ」

「かわいそうにな。……はい、左足を上げて」

アレクシスはベッドに腰をかけたまま、エルバートに着替えをさせてもらっていた。寝間着を脱がされ、シャツを着せられ、今はズボンを穿かされている。

よいしょと腰を持ち上げられてボタンを留められると、皺にならないよう気をつけながら横たえさせられた。

「少し体を休めるといい」

「うん……本当に、疲れた……」

それに、すごく怖かった。

エルバートが自身も着替えるために側から離れると、あのときの怖さが蘇り、アレクシスはジッとエルバートを見つめる。

公爵家の二人の部屋の改装が終わるまで、エルバートはここに住んでいる。番にならなければ許されなかったから、怖くて心細い今、エルバートがいっときも離れることなく一緒にいてくれるのはとてもありがたい。

エルバートが手早く着替えて隣に戻ってくると、アレクシスはすぐさまくっつく。

エルバートの手が背中に回され、優しく撫でられる感触に恐怖が溶けていく。

総毛立ってゾワゾワとした寒気《さむけ》が薄くなっていき、アレクシスは父王と会う前に気持ちを落ち着けることができた。

そして向かうのは、城の中でも防御が特別厳重になっている王の執務室だ。右腕である宰相が呼び出されていた。

「大変だったようだな」

「二度の過去視は、魔力的にも体力的にもつらいです。まだ、慣れないから」

それからアレクシスは自分が視たものを説明し、あれはとんでもないものだと告げる。

「……ということは、やはり他国の陰謀ではないのだな？」

「はい。リーナっていう子の、玉の輿に乗りたい一心でした。未来の王妃も夢じゃないし、それがダメでも伯爵以上狙いですって。ああ、聖魔法もその手段で……でも、あの悪魔には使えないみたいなんですけど……」

「しかし、実際に怪我人を治したと報告があるぞ。しかも、十三人も一度に治したとか。聖魔法としか思えん」

「うーん？　悪魔がリーナの中に入って、聖魔法の知識を読み取って、『我の領分ではない』って言ってたんですけど。でも、リーナが兄様たちに注目してもらうためにどうしても聖魔法が必要って言い張って、『見せかけるだけなら難しくない。目くらましは得意だ』ってことになったんですよ。……もしかしたら治ったように見えただけで、本当は治ってないとか？」

「いや、それはない。特に怪我のひどかった七人を追跡調査させたが、元の生活に戻って普通に生活しているとのことだ」

「じゃあ聖魔法とは違っても、治療はできるんですね。しかも十三人一度に……」

「手足の欠損も治してみせたとのことだから、非常に有用なのは間違いない。しかし……アーサーたちが魅了されるのは困る。リーナという娘は、それが死罪に値すると分かっているのか？」

「うう〜ん、どうだろう。あんまり深く考えていない感じがします。可愛くなりたい、モテたい、贅沢したいって、そればっかりで。前世には魔法がなかったって言ってたし、その世界ではもしかしたら悪魔を使っての魅了は罪にならなかったのかも。そもそも悪魔自体がかなり珍しいというか、伝説の存在みたいな感じ？　やっぱり、悪魔は実在してたのね……って言ってたし」

「悪魔とやらは、リーナが死ねば元の世界に戻るのだな？」

「そう言ってました」

「ふむ……しかし、手足の欠損まで治せる貴重な聖魔法が使えるとなると……魅了を二度と使わせずに治療だけをさせることは可能か？」

「う～ん、どうでしょう。それ、難しそうな気が……そもそもリーナの魔力は大したことがなくて、治療も悪魔の力なわけだから、魔力封じの腕輪も意味がないだろうし……。悪魔の力をどうやって封じればいいのか分からないのに、魅了はダメ、治療だけしろって無理じゃないですかねぇ」

「陛下、よろしいですか」

エルバートがそう言うと、父王は鷹揚に頷く。

「その悪魔とやらが、魅了と目くらまし、治療だけしかできないと考えるのは危険かと。今は宿主であるリーナの意に沿って目を引く治療をしているだけで、もっと恐ろしいことができるのではないでしょうか。そして魔力封じの腕輪に効果がなかった場合、とてつもなく危険な存在になりうると思います」

「うーむ……利用するには、ちと危険すぎるか」

「幸い、リーナを殺せば元の世界に戻るという話ですから、気づかれぬよう、手早く殺すのが一番かと……」

「気づかれると、厄介ではあるな」

「何が起きるか、分かりません。自分の領分ではないと言っていた聖魔法の治療でさえできるのなら、その悪魔の本来の領分は恐ろしいものがあるのではないでしょうか」

「確かにのう」

そこで、これまで黙っていた宰相が口を挟んでくる。

「しかし陛下、それほどの力を持つ悪魔とやらの力を利用できたら、我が国にどれほどの利があるか……その娘に隷属の首輪をつけて、悪魔とやらを使役するのはどうでしょう」

「すでにその娘は大罪人であるから、隷属の首輪をつけるのは問題ないが……魅了などの状態異常を防ぐ魔道具が通じなかった相手だぞ。隷属の首輪も効果がない可能性がある」

「やってみて、ダメなら殺してしまえばいいのでは？　何もせず殺すのはもったいない気がいたします」

「うーむ……」

この国では、奴隷は基本的に禁止している。だから隷属の首輪をつけられるのは犯罪者だけであり、一目で分かるひどく屈辱的な魔道具だ。

アレクシスは知識でしか知らない存在なので、まだ少女のリーナと犯罪者の証である隷属の首輪が結びつかなかった。

「……」

自分の認識は、ひどく甘いと感じる。隷属の首輪さえ思い浮かばなかったアレクシスと違って、他の三人は殺すのが前提で話をしている。

アレクシスも、理屈では分かる。王族を魅了で操るのは死罪に値するし、リーナを殺せば悪魔は自分の世界に戻ると言ったのは自分だ。だから魅了を超えた洗脳ともいえる力を持ち、他にどんなことができるのか分からない危険な存在は滅したほうがいい。

この国が危機的状況なら未知の力に縋るかもしれないが、国力は充分だし、隣接国との仲も悪くない。危ない橋を渡る必要がなかった。

それでも宰相は損得勘定が頭を過るようで、悪魔の有効活用を申し出た。父王も、ただ帰すだけではもったいないと迷っている様子である。

「……とりあえず、最高級のドラゴンの魔石を使って隷属の首輪を作らせろ。それができたら、その娘に治療魔法を使わせて、アレクシスが真実視をするのだ。悪魔とやらの力がどんなものか、分かるかもしれん」

「かしこまりました」

「隙を見て隷属の首輪を嵌め、悪魔が従うか確かめる。従わないなら、すぐにその娘を殺せるよう、精鋭を揃えておくように。宝物庫から、聖剣と魔剣を貸与する」

「はい。騎士団長も息子を魅了されておりますので、張り切ってくれるでしょう」

「まったく、見事に我が国の未来を担う人材を魅了したものだ。……しかしのう……夢のお告げで前世の記憶を取り戻す人間は稀にいるが、大抵はそれを有効に使うのだがな。農作物を改善したり、建築物の構造を良くしたり……ああ、料理を飛躍的に向上させるというのもあったな」

「悪用する人間はいなかったんですか？」

「いたのだろうが、そういったものは秘かに処分されるものだ」

「あう……」

大国の闇は深い。

実り豊かでなんの問題もないように見えるこの国でも血塗られた歴史はあるし、人知れず消された命は数え切れないに違いない。

アレクシスの場合はうっかりするとそのあたりを視てしまいそうだから、自分のためにも深掘りするのはやめておいた。

「エルバート、大事な番をしっかり守るようにな」

「はっ」

父王の言葉に二重の意味を感じて、アレクシスは「怖いことは視ない、視ない」と自分に言い聞かせる。

リーナに対する方針が決まったところで話し合いは終了となり、執務室から出るやエルバートに抱き上げられる。

「疲れただろう？　湯に浸かって休んだほうがいい」

「うん」

眠って回復したとはいえ、やはり二度の過去視は疲労感が強い。悪魔の邪悪で恐ろしい姿が目に焼きついていて、思い出すと体が震えた。

「アリー？」

「う……ちょっと、悪魔を思い出しちゃって……リーナの治療を真実視したら、またあれが視えるのかなぁ。怖いんだけど……しかも過去視と違って目が合うかも……悪魔に見られるかも……怖っ!!」

「そんなに怖かったのか？」

「怖かったよ～。山羊ってわりと可愛いと思ってたのに、ムッキムキの人間の体に山羊の頭の組み合わせがあんなに怖いなんてっ。なんというか……邪悪の塊？　あんなのにどす黒いって言われるリーナは危険極まりないよね。悪魔の言う『この世界を楽しむ』って、いやな予感しかしない……あれ、絶対王妃になんてしちゃダメなやつ……」

権力を手にしたら、暴虐のかぎりを尽くしそうだ。アレクシスはエルバートの番ということですでに睨まれているし、真っ先に殺されそうな気がする。

浴室に着いて服を脱がされ、髪と体をエルバートに洗われながら、アレクシスはフウッと吐息を漏らした。

「悪魔を呼び出したのがリーナでよかった……不幸中の幸いだね」

「そうか？　次代を担う重要人物たちが魅了されたんだぞ。実に厄介なことになっていると思うんだが」

「でも、早々に露見したのは、リーナの性急なやり方のおかげだよ。平民で、王族や貴族のことを知らなかったのもよかったかも……番についてもよく分かってなかったしね」

「ああ、そういうことか……」

さすがにエルバートは、理解が早い。それだけで、アレクシスの言いたいことが分かった様子だ。

「確かに、悪魔とやらを呼び出したのが狡猾な貴族の娘だったら、大変なことになっていたな。あんなに分かりやすく魅了したりせず、もっとゆっくり、根回しをしながら自然な流れに見せかけただろう」

「兄様たち、見るからにおかしかったもんね。そもそも、どうしてアーサー兄様一人を標的にしなかったのか謎だけど。アルフォンス兄様やマルコム、ライオネルまで魅了して、異様な雰囲気だったし。兄様たちから魅了が解けないままだったら、そのうち二人とも廃嫡にされてたと思うレベル」

側妃の子とはいえアレクシスの弟がアルファだ。もし弟もリーナに取り込まれておかしくなったら、次代に期待するという手もある。

国が亡びるかもしれないと分かっていて、義務や責任を放棄した息子たちを王位につけるほど父は甘くない。

「父様を取り込めればいいんだろうけど、平民のリーナが父様に会う機会はないし悪魔はリーナから離れられないって言ってたからね。でも、貴族の娘なら父様に接触できるかもしれないでしょ？　そしたら、怖いことになってたよ」

「陛下の護身用の魔石はドラゴンだし、大きさも相当なものだろう？　さすがにそれを破って魅了をかけられるとは思えないが……」

「あの悪魔、頭良さそうだったよ。年も取ってそうだし……何度も会えば、対策を考えられるかも。それにボクたちの護身用の魔道具だって、小さいけどドラゴンの魔石を使ってるのに、兄様たちは魅了されちゃったし」

うーんと二人で唸って、浴槽に浸かる。

「隷属の首輪は当然ドラゴンの魔石を使うはずだが、これ以上ないほどたくさんつけるべきとお伝えしたほうがいいな」

「うん、そう思う。ドラゴンの魔石でダメなら、もう打つ手がないし」

ドラゴンの住み処は遥か遠く、ここまで飛んでくることは滅多にない。それこそ、数百年に一度あるかないかという感じだ。

しかし人間にとってドラゴンは厄災でしかなく、討伐するまでにはいくつもの村が襲われたりして、数千人単位で被害が出ることになる。

その代わりドラゴンの亡骸は血に至るまですべて貴重な素材となり、牙や爪が武器に、ウロコが防具に、その血で万能薬を作り出す。体内から採れる巨大な魔石は慎重に割られ、魔物を防ぐ結界の要として国のあちこちに埋め込まれていた。

ドラゴン討伐に備えて魔剣も作り、いくつもの魔道具が製作されている。ドラゴンの魔石は、この国の宝の一つなのだ。

ドラゴン以上に強い魔物はいないので、そのドラゴンの魔力の塊である魔石より強いものは存在しない。

だからもし、これから作らせる隷属の首輪が悪魔に効かなかったら防ぐ手だてがなくなるから、リーナを殺すしかなくなる。

悪魔を呼び出してしまったとはいえ、リーナは普通の女の子だ。今の自分に不満があり、もっともっとと願うのは珍しいことではない。

過大な力を手に入れて舞い上がっているし、性格もよくないなぁとは思うものの、だからといってまだ十七歳で死ぬのはかわいそうだった。

「悪魔なんて呼び出すから……」

いつか王子様が――なんていう夢は、夢のまま終わったはずなのだ。前世を思い出すのはいいことばかりではなく、厄介なこともあるんだなと思い知る。

アレクシスの「視る」能力なら、がんばれば前世も視られる気がするだけに、自重しなければと実感するのだった。

「まったくだ。迷惑な女めっ」

浅いとはいえ魅了にかかり、アレクシスを嫌う態度をとってしまったエルバートは、リーナに敵対心を剥き出しにしている。

もし魅了が解けなければエルバートとの別れが待っていたのだから、アレクシスだってすごく怒っている。あの邪悪な悪魔にさえどす黒いと言われたリーナなのだから、隷属の首輪くらい当然だとも思えた。

「エルの魅了が解けて、本当によかった。影とはいえ浄化が効いたっていうことは、本体にだって効くと思うんだよね……ちょっと安心」

「解けなかったらと思うと、ゾッとする。アリーから引き離されるなんて、考えるのも恐ろしい」

「ボクも！　こうして一緒にいられるって、嬉しい」

番だからこそ、許されることは多い。単なる婚約者だったときは節度のある付き合いをしなければいけなかったから、二人きりになるのは許されなかった。必ず侍従か侍女が同じ空間にいたのである。

番になって初めて、本当の信頼が得られる。番以上に大切な存在はいないので、たとえ親兄妹を人質に取られても、自身を殺すと脅されても、番を裏切ることはない。

それゆえエルバートはアレクシスにとって安全な人間と判断され、一日中側にいて、入浴、寝室も一緒だ。別離の可能性もあったのに、なんて幸せなんだろうと思う。

見つめ合って自然と唇が合わされ、キスが軽いものから濃厚なものへと変わっていく。

番になって、まだ間もない二人である。知ったばかりの快楽はとてつもなく甘く、いつだって互いを味わいたいと思っている。

それだけに、こんなふうに全裸で密着していれば、もっともっと互いが欲しくなっても仕方がないというものだった。

口腔内をくすぐられ、舌を絡めて唾液を啜る。

番の体液は甘く感じるし、力を得られる。気持ちがいいだけでなく、細胞が活性化するような感覚があった。

そのためか自己治癒力も上がっている気がする。初夜でつらかった体が、エルバートとキスするたびに楽になったからだ。

ありがたくはあるが、番関係というのは本当に不思議だと首を傾げたものである。

どうやら番にとって愛の行為は、いいことだらけらしい。キスするだけでもある程度の効果はあるということで、アレクシスの回復のためと言いながらしょっちゅうキスをしていた。

けれど、浴槽の中での濃厚なキスは少々危うい。

夢中になってのぼせそうになり、慌てたエルバートに救出されることになった。

「ふにゃ～」

「アリー、ほら、水。水を飲んで」

「んー……」

熱くなった体に、冷たい水が美味しく感じられる。

ゴクゴクと飲んでもう一杯もらい、フウッと吐息を漏らした。

「やっぱり、お風呂は真面目に入らないと……」

「そうだな。反省した」

エルバートは困ったように笑って、チュッチュッと啄むようなキスをしてくる。先ほどとはまったく意味合いの違う、労りのこもった優しいキスだ。

スーッと体内に溜まった熱が下がり、体が楽になる。番のキスは、媚薬にも薬にもなるらしい。

（番って、すごい……）

「のぼせ、治まった。ありがとう、エル」

「私がのぼせさせたのに？」

「でも、癒やしてくれたよ。個人差があるって聞くけど、ボクたちの場合はどこまで効果があるんだろうね」

「試す事態にはなりたくないものだが……」

「うん、まぁ、確かに……」

のぼせや倦怠感、ちょっとした筋肉痛というか筋違いというかに有効と分かっただけでも充分だ。

怪我や病気に効くかも——なんていうことは、できれば検証したくない。エルバートは自分のせいで命を狙われている身だからこそ、余計にそう思った。

そしてそれと同時に、万が一のときのために、番のキスが怪我にも効くといいなと切に願う。

アレクシスの持つ光魔法の治療に番の絆を上乗せして、消えそうな命をも取り戻せるレベルであってほしい。

それに自分の「視る」能力で、エルバートの危機を回避したい。

番になって初めて分かるその大切さ——番を失って生きる気力をなくすものもいるというのが理解できた。

絶対に失いたくない存在であるエルバートは、楽しそうにアレクシスの体から水滴を拭い、服を着せてくれている。

アレクシスもまた、笑いながら水滴の滴るエルバートの髪を布で拭った。

★
★
★

各地に散らばっていた聖魔法の魔術師たちが王城へと戻ってきて、最優先で作らせていた隷属の首輪ができ上がったのは一週間後だ。

宝物庫にあるドラゴンの魔石をたっぷりと使い、これ以上ないほど強力な隷属の首輪ができたとのことだった。

ついでにアレクシスも、ドラゴンの魔石を使った護身具の首飾りを追加で渡され、リーナの治療魔法の披露の場に向かうことになった。

エルバートやアーサーたち、魔術師たちにも同じように貸与しているらしい。さすがにドラゴンの魔石だけあって、状態異常無効、ダメージ軽減、即死回避といったたくさんの効果が付与されている。

リーナには、聖女候補になれるかの聖魔術師認定をするための場だと言ってあった。

魅了が解けた兄たちがリーナを避けているため、王子たちに自分の魅力を見せつけるためにこれは絶好の機会だと彼女は張り切っているようだ。

それでも病気より怪我の治療のほうが得意だから怪我人にしてくれ、お年寄りもちょっと……と条件付きと我がままだ。

治療の効果に病気と怪我の違いはないはずだから、病気が移りそうでいやなのかなとか、年寄りはただ単に嫌いなのかなとか、いろいろ考えてしまった。

本当に聖魔法の魔術師を認定するための試験なら、そんな条件付きは許されない。聖女と呼ばれる人間が、病人や老人を差別するのはありえなかった。

しかし今日はリーナと悪魔を封じるのが目的なので、条件に合う平民の怪我人を集めたという。

何かあっても大丈夫なように、場所は騎士団の鍛錬所を使用する。

攻撃魔法が得意で結界も張れる兄たちと聖魔法の魔術師五人、それに国が誇る精鋭の火や水、土、風を得意としている魔術師と騎士団がズラリと揃って見学している。

全員、配られたドラゴン魔石の首飾りと魔力増幅の腕輪をつけ、臨戦態勢だ。隷属の首輪は、息子が魅了されたままで恨み骨髄に徹する騎士団長が持っていた。

リーナを警戒させて危険な行動をとらせないため、魅了を解いたのはアーサーとアルフォンスだけなのである。

作戦としては、リーナが治療している姿をアレクシスが真実視して、何か分かったらエルバートにソッと伝え、倒すか隷属の首輪を嵌めるか判断する。危険な場所にアレクシスを置いておくわけにはいかないから、リーナに気づかれないようその場から離れる予定だった。

鍛錬所に案内されてきたリーナは、アーサーとアルフォンスを見るなり満面の笑みで駆け寄ってくる。

「ああ〜ん。アーサー様、アルフォンス様、お久しぶりです！　全然会えなくて、リーナ寂しかったぁ」

「少々忙しくてね」

「やることがたくさんあったんだ」

リーナを警戒させるわけにはいかないから、二人ともにっこりと微笑みながらもちゃんと視線を合わせないよう気をつけている。

それにリーナは苛立った様子を見せ、二人にまとわりつきながら目を合わせようとした。

「なんだか、二人ともおかしい感じ。どうしてリーナを見てくれないの？」

悲しげに言って気を引き、目を合わせようとしている。

不自然な態度をとれない二人が動き出す前に、魔術師長がパンパンと手を叩いて声をかけてくれる。

「――はい、それでは始めましょうか。リーナさん、準備はよろしいですか？　あなたの聖魔術師認定のための場ですから」

「はぁい。いつでも大丈夫で〜す。アーサー様、アルフォンス様、がんばるから見ててね」

にっこりと笑う顔は実に可愛らしいが、偽物なんだよなぁとアレクシスは心の中で唸る。

「それでは、まずはこちらの患者さんからお願いできますか？　右腕にひどい火傷《やけど》を負っています」

「はぁい。それじゃ、治しますね〜」

リーナが右手を赤く爛れた腕に翳すと、パーッと手のひらから光が溢れる。そして赤く爛れた火傷が見る見るうちに治っていった。

「ほーら、綺麗になった。痛みもないでしょう？」

「あ……ああ、すごい！　ずっと痛くて痛くてたまらなかったのに、全然痛くありませんっ。それに、指も自由に動くわ」

「よかったですね。女性に火傷の痕が残るなんてかわいそうですもの」

「聖女様……」

感激した表情で拝まれるリーナはご満悦だ。他の患者たちも、驚きと期待の目をリーナに向けている。

しかし悪魔の存在を知らされ、警戒している面々は、内心で「あれ？」と首を傾げていた。

アレクシスも表情に出さないようにがんばりながら、驚きでいっぱいだ。

悪魔は聖魔法に見せかける目くらましをすると言っていたが、どこからどう見ても治療魔法を使っているようにしか見えなかった。

やっぱりこれは真実視をしないとダメかと、アレクシスは意識して目の焦点をぼかし、リーナを視る。

「うふふ。私の力、分かってくれたかしら？　今度は、一気にみんなを治しちゃいますね。私が聖女だっていうところ、ちゃんと見ててください」

そう言ってリーナは両手を天に翳し、パーッと派手に光を放った。

（あれ、光……じゃないなぁ。悪魔の影だよ、やっぱり。影が患者の怪我したところに触って、分かれた影がくっついて、中に入り込んで……って、何、あれ。もしかして生命エネルギーを吸ってる!? よく分からないけど、寿命的なものがグングン減ってない!? まずいまずいまずい!!)

パッと意識を戻したアレクシスは、「ダメーッ!!」とリーナに向かって浄化の光を当てる。

「ぎゃっ!!」

リーナが悲鳴をあげると同時に、忙しく動き回っていた悪魔がリーナへと戻り、患者たちの中に入り込もうとしていた影がヒュッと抜ける。

「神子様!?」

「なぜ治療を止めるのですか?」

怪我を治してもらえると期待していた患者たちから非難の声があがるが、アレクシスはブンブンと首を横に振った。

「あれ、治療じゃないから! 怪我を治す代わりに、生命エネルギーっていうか、寿命っていうかを吸ってた。治っても、寿命が短くなるよっ。下手したら死んじゃうかも」

「なんと……それはまことですか?」

「聖魔法に、そのような代償はありませんぞ」

「だから、やっぱり聖魔法じゃないんだよっ。怪我が治る代わりに寿命が短くなるのはまずいでしょう？　たぶん、大怪我になればなるほど寿命を持っていかれるよ。……あ、だから病人やお年寄りは苦手って言ってたんだ。残りの寿命が足りないかもしれないから……なるほど」

うんうんと頷きながらアレクシスが納得していると、リーナがアレクシスをギッと睨みつける。

「何よ、あんた！　邪魔しないでっ」

「邪魔しなかったら、この人たちの寿命がごっそり減らされてただろ！　分かっててやったのか!?」

「そ、そんな……ひどい！　私、そんなことしてないわ。みんなを治したくて、がんばったのよ」

リーナはワッと泣いて両手に顔を埋めるが、アレクシスには本当に泣いているわけではないと分かる。

「ここにいる人たちはキミに魅了されていないから、泣き真似をしても無駄だよ」

先ほど火傷を治療してもらった女性や怪我人たちは困惑した表情だが、他はみんな事情を聞いているのでリーナに警戒の目を向けている。

騎士たちはアレクシスの言葉を受け、ジリジリと怪我人たちをリーナから引き離しにかかっていた。

リーナは自分に向けられた視線に気がつくと、弱々しい表情をかなぐり捨てる。目を吊り上げ、怒った顔でアレクシスに指を突きつけた。

「なんなの、あんた！　どうして私の邪魔をするのよ。もしかして、アーサー様たちがおかしくなったのもあんたのせい!?」

「おかしくしたのは、そっちだろっ。前世の記憶を悪用して、悪魔なんて呼び出して！」

「ど、どうしてそれを……」

まさか、この世界にいないはずの悪魔のことを知られているとは思わなかったのだろう。リーナは目を見開いて驚き、それから殺気のこもった目をアレクシスに向ける。

「あんた、邪魔！　私が聖女になるんだから、神子なんていらないのよ。悪魔、あいつを殺しちゃって！　このくらいの人数なら、洗脳できるでしょ」

『クックックッ。悪魔使いの荒い娘だ。よかろう。それも面白そうだ』

地を這うような低いその声が聞こえたのはアレクシスだけではない。他の人間もみんなギョッとした顔で、どこから聞こえてくるのだろうかとキョロキョロしていた。

そしてリーナの影がゴオォォォという音とともに形を変え、アレクシスが過去視で視た悪魔が姿を現す。

「うわあぁぁ！　なんだ、あれは!?」

「化け物だーっ!!」

「あれが、アレクシス様がおっしゃっていた悪魔とやらかっ」

悪魔の姿についても聞いているはずだが、やはり実際に目にすると動揺するらしい。

しかしここにいるのは精鋭揃いなので、パニックにはならずにすんでいた。

むしろ何度見ても恐怖に襲われるのはアレクシスで、グワッと自分のほうに迫ってこられて、盛大に悲鳴をあげながら「浄化！　浄化！」と光を当てまくった。

エルバートは結界を張ってアレクシスを守り、唖然としたままのまわりを叱咤する。

「お前たち、何をしている！　アリーが狙われているんだぞ!!」

「はっ！」

「も、申し訳ありません！」

「各自、結界を張りつつ、悪魔を攻撃！　魔術師は浄化の光を当てろ」

「はい！」

ここに集められているのは魔法が得意な騎士ばかりだから、協力しつつ悪魔を一斉攻撃する。悪魔が全員に見えるようになったおかげで、攻撃しやすくなっていた。

それでも恐ろしい山羊の頭が迫ってくるのは恐怖でしかなく、アレクシスはエルバートにしがみつきつつパニックになって光魔法を撃ちまくる。

「浄化、浄化、浄化——っ!!」

悪魔の鋭い鉤爪が、ガチンとエルバートの結界に当たる。

「結界は有効！　火魔法、水魔法は効いていない。風も無効。浄化は効いているから、魔力が尽きるまで浄化し続けろ！」

「はい!!」

光魔法、聖魔法の使い手が悪魔を浄化にあたり、聖剣を持ったアーサーとアルフォンス、魔剣を持った騎士たちが果敢に斬りつける。

普通の剣では傷をつけることができないが、建国から伝わる三振りの聖剣と、稀少なドラゴンの魔石の入った魔剣なら傷つけられるのだ。

「ぬおぉぉぉ。なんと、鬱陶しい。この我を斬りつけられる剣が、こんなにも存在するとは！」

「ちょっと！　しっかりしなさいよっ」

悪魔は宿主であるリーナを守りながらだから、縦横無尽に敵を屠るというわけにはいかないようだ。

それに実体化しているように見えて、影はリーナに繋がったままだった。やはりリーナからは離れられないらしい。

それでも斬りかかってきた騎士を殴り飛ばし、爪で切り裂いていた。

全員、魔法が得意で結界も張れる騎士ばかりだが、それでも結界を破られて怪我をする騎士が出始める。結界は有効でも、悪魔の力のほうが上回ったり、何度も食らったりすると力負けしてしまうようだ。

仲間によって戦線離脱した彼らが使っていた魔剣を、待機していた騎士が握って参戦するから、悪魔を攻撃する人数が減ることはない。

怪我をした騎士たちもポーションを使って復活できるため、負傷した騎士に代わってまた戦いに戻れるのだ。そのためにポーションは、たっぷりと用意されていた。

鍛えられ、たとえやられるときでも致命傷にさえならなければなんとかなるという戦い方をよく知っている彼らは、悪魔にとって面倒な相手のようだった。

結界のせいで一撃必殺とはいかず、いつまで経っても数が減らない。一対一では悪魔のほうが遥かに上だが、数にものをいわせての戦いで、確実に悪魔にダメージを増やしていった。

「人間どもめ！　なんと小賢しい!!」

悪魔もかなり苛立っているらしく、殺気が強くなっている。大ぶりで避けやすいが、当たったときのダメージはかなりのものだ。

その分リーナに対する守りが甘くなっていて、騎士の剣がリーナの腕を掠めた。

「きゃあぁぁ！　痛い、痛い!!　しっかり私を守りなさいよっ、バカ悪魔！」

「なんだと!?　この我に向かって、無礼な小娘めっ」

「痛いのよ！　なんとかしてっ」

「やかましいわ！」

魔剣でつけられた傷は、ポーションでは治らない。呪いの効果があるため、聖魔法で浄化しつつの治療が必要なのだ。

どうやら悪魔はドラゴンの魔石と相性が悪そうなので、悪魔の力でうまく治せるか疑問だし、治せたとしても普通より遥かにたくさん生命エネルギーを消費する気がする。

彼らのおかげで標的であるアレクシスを狙う余裕があまりないようで、たまの攻撃も結界でエルバートが防ぎ、聖剣を駆使して悪魔を傷つける。

アレクシスは少しでも悪魔を弱らせようと、必死で浄化をかけまくっていた。

「浄化、浄化、浄化――って、まずい……魔力、尽きそうかも……」

真実視をしたし、襲われる恐怖で闇雲に光魔法を連発したので、いくら魔力量が多いアレクシスでもあっという間に限界が近づいてくる。

「魔力回復ポーションを飲むか？　いや、それより、こっちのほうが効果があるかな」

そう言うやエルバートに濃厚なキスをされる。

「んむぅ……」

いきなりの舌を絡ませるキスに目を回しながらも応えていると、リーナがキーッとヒステリーを起こした。

「何やってんのよ、あんた！　見せつけるなんて、ムカつく～。イケメンは全部、私のなんだからっ」

すごいことを言っているなと思いつつ、キスで魔力がグングン回復するのが分かる。

アレクシスはエルバートとのキスにうっとりしながら、手を悪魔に向けて浄化していった。

（さすが、番……魔力が戻ってきたし、なんか、浄化もさっきまでより効果があるような気がする……これが番の絆かあ。あ、そうだ。エルバートの聖剣に、浄化の光をまとわせて斬ってもらったらどうかな？　より効果がありそうかも）

エルバートとのキスでたっぷりと魔力を補充して、アレクシスはその思いつきをエルバートに話す。

悪魔は四方八方からの攻撃はさすがにいやそうな様子で、虫を払うようなしぐさで手を動かすたびに魔術師や騎士たちが薙ぎ倒されている。

その強さは大したものだし、自ら傷も修復していく。それでも魔剣より、聖剣のほうが治りが遅く見えた。

アレクシスはエルバートにくっついたまま浄化の光を聖剣にまとわせる。

「うわー、綺麗」

「神々しいな」

遥か昔、魔を打ち払うために神からもたらされたという三振りの聖剣。黄金に輝き、聖石が埋められたこの国の宝だ。そこに浄化の金色の光がまとわりつき、素晴らしく美しくなっている。

「これは、良さそうだ」

そう言って、エルバートがアレクシスを自分の後ろに庇いつつ、悪魔を斬りつける。

「うがあぁぁ！」

明らかに、今までとは違う苦痛の声があがる。悪魔の右腕がパックリと裂けて、そこから赤黒い血が流れていた。

「効果ある！　兄様、聖魔術師の人と組んで、聖剣に浄化の光をまとわせて!!」

「分かった！」

すぐさま兄たちも近くにいた魔術師と組んで、同じようにして攻撃を始める。

「ぐわあぁぁ！　おのれ、人間どもめ！」

悪魔が苦しそうな声をあげ、身を二つに折る。

その瞬間、勇猛果敢に魔剣で悪魔に斬りかかりつつ隷属の首輪をつけられないかと隙を窺っていた騎士団長がすかさずリーナへと飛びかかり、隷属の首輪を取りつけた。

「きゃあぁぁ！　何すんのよっ。何、これ!?」

「動くな！　ジッとしていろ!!　悪魔とやらをおとなしくさせるんだ!!」

「くっ……」

騎士団長の命令でリーナの動きはカチンと固まる。そしてそれと同時に悪魔がヒュンとリーナの中へと戻り、リーナの髪と目も元の茶色へと変わっていた。

「あっ、すごい。隷属の首輪、効果あるんだ……」

「魔剣で悪魔に傷をつけられた以上、ドラゴンの魔石は悪魔に対抗できる力があるということだ。隷属の首輪はドラゴンの魔石を使っているからな。それに、宿主であるリーナが、こちらの世界の人間というのが大きいだろう。あの悪魔の世界なら、効いたか疑問だ。それくらい、悪魔は強い」

「隷属の首輪が効果あってよかった……リーナが本来の姿に戻ったし、悪魔もリーナの中に戻ったね」

「悪魔をおとなしくさせろと言ったのが効いているんだろう。体の動きだけでなく、思考も支配できるようだな」

「普通は、思考までは支配できない？」

「ああ。さすがに無理だ。ドラゴンの魔石ならではだろう。圧倒的な魔力差で、逃げよう、抵抗しようという意識を押し潰せるから、S級の犯罪者にはヒュドラやベヒモス以上の魔石が必要となる。クズ魔石だとあっという間にダメになって、奴隷に逃げられるなんていうこともあるらしい。だから犯罪奴隷には、いい魔石を使っている」

「逃げられたら困るもんね。リーナのなんてドラゴンの魔石をあれだけ使っているんだから、あの隷属の首輪でそれなりの家が買えそう」

「王都に、公爵家の屋敷一軒分というところかな」

「うわぁ。すごいのを作ったなぁ」

王都の屋敷はとても高い。しかも公爵家の屋敷となれば、目玉が飛び出そうな価格になるはずだ。

リーナは首に大変な財宝をつけていることになる。水竜の魔石を使っているらしく、青の魔石がキラキラしていた。

もっとも、憤怒の表情で固まっているリーナは嬉しくなさそうだった。

「ワシの息子から……いや、すべての人間から、魅了を解け。自由にしろっ」

「……は、い」

悔しそうながらも返事があるあたり、隷属の首輪は効果があるように見える。

騎士団長は満足そうに頷くと、近くの騎士に命じる。

「ライオネルを連れてこい。拘束してな」

「はっ」

「……さて、娘。悪魔とやらは今、どうなっておる」

「あんたがおとなしくさせろって言ったんでしょ！」

「では、あの悪魔はお前の言うことを聞くのだな？」

「だって今は、契約をして私が主だもの。悪魔は私の言うことを聞かなきゃいけないのよ。地球じゃそれでも悪魔のほうが強いなんていうこともあるみたいだけど、ここは魔法が使える世界だから私のほうが強いのよ」

「なるほど、それは好都合だ。悪魔を有用に使えるわけか。陛下がお喜びになられる。犯罪奴隷は使い勝手がいいからな」

「犯罪奴隷って……何よ、それ！　なんであたしが奴隷なんかに!?　冗談じゃ――……」

「黙れ！　こちらが質問したときだけ答えよ。耳障りな声を聞かせるのではないっ」

「ぐうぅぅ」

隷属の首輪が、リーナの喉を締め上げている。

「命令を無視すれば、それに電撃が加わる。水竜と電撃は相性がいいからな。痛みと衝撃はかなりのものだそうだ。貴様が命令違反をするのが待ち遠しいわ」

「なんですって！　ぎゃあぁぁぁ!!」

勝手に口を開いたせいで、どうやら電撃に襲われているらしい。どうして忠告されているにもかかわらず、すぐさま違反するのか謎だった。

悲鳴をあげて崩れ落ちるリーナを、騎士団長は楽しそうに眺めている。

「クックッ。ただの命令違反ならその程度ですむが、逃げ出そうとすれば威力は気絶級だ。試してみるといい」

「………」

さすがに懲りたのか唇を噛みしめるだけで無言のリーナだが、その目は射殺さんばかりに騎士団長を睨みつけている。

(リーナ、強っ！　この状況で騎士団長を睨めるのって、すごいよね)

さすがにあんな凶悪な悪魔を呼び出して、大喜びするだけはある。魂を取られるのをまったく気にしていなかったし、その図太さは大したものだった。

もっとも、せっかくの力を玉の輿に乗るのに使い、そのやり方もひどく稚拙だったところを見ると、後先を考えない幼稚な思考という気もする。

（ああ、でも、本当に隷属の首輪で抑えられてよかった……）

アレクシスは完全にリーナにとって邪魔者扱いだったから、一安心だ。

そこに魔力封じの腕輪で拘束されているライオネルが連れてこられた。

「なんなんだよ！　この腕輪を外せ」

「いかがですかな、アレクシス様。悪魔の影とやらは抜けておりますでしょうか？」

「んー……」

アレクシスは目の焦点をぼかしてライオネルを見つめ、黒い影がどこにもないことを確認する。

「大丈夫。綺麗になくなってるよ」

「それはよかった。――拘束を外していいぞ」

「はい」

騎士が拘束を外すと、ライオネルは顔をしかめながら手首を擦っている。

「父上、これはどういうことですか？　なぜ私に拘束具を？」

「お前は、この娘に魅了されておったのだ」

「魅了？　リーナが？」

「ああ。体の調子はどうだ？」

「少し重く感じます。それと、頭が妙にスッキリしているような……本当にリーナが私に魅了を？」

「間違いない。この娘に会ってからというもの、お前の様子はどんどんおかしくなっていった。鍛錬もしなくなったしな」

「そう……でしたか？　どうも記憶が曖昧で……」

「魅了下にあったからだろう。この娘を見て、どう思う？」

「……」

リーナの髪と目は茶色に戻っているし、顔も元どおりだ。基本的な作りはそう変わっていないものの、悪魔が見せかけていたずば抜けた可愛らしさ、キラキラした輝きは消えてなくなっている。

ライオネルはリーナをマジマジと見つめ、困惑の表情になる。

「リーナ……なのか？　本当に？　似てはいるが……」

「間違いなく本人だ。悪魔とやらの力で、容姿を変えて見せていたらしい。魅了でお前たちを惚れさせ、思いどおりにしていた」

「しかし、私は状態異常を無効にする魔道具を身につけています」

「魔道具も絶対ではないということだな。この娘が前世の記憶から呼び出した、異世界の悪魔とやらが力を貸しておった。ドラゴンの魔石を使った魔剣や隷属の首輪が効いたところを見ると、お前の魔道具の能力を超えているのだろう。アーサー様たちの魔道具ですら防げなかったのだから、仕方ないことではあるが」

「そんな……」

「宿主であるこの娘に隷属の首輪を嵌めることで、どうやら悪魔にも言うことを聞かせられそうだ。しかし何ができて、代償があるかはしっかりと確認して使役しないとな。アレクシス様にもぜひ視ていただきたい」

「それはいいんですけど、今は無理……疲れた～」

魔力を使いすぎているし、極度の緊張と恐怖でヘロヘロだ。

戦闘どころか魔法自体もあまり使わないようにと制限されていたのに、今日は限界を超えて浄化を連発してしまった。

無事に戦闘が終わり、魅了も解けていると確認できたことで、ドッと疲労が押し寄せてきている。

「眠い……」

そう言うとすぐさまエルバートに抱き上げられる。

「寝室まで運ぶから、眠っていいぞ」

「んー……よろしく……」

がんばって起きていなくていいんだと思うと、気が楽になる。

アレクシスは体から緊張を解き、猛烈な眠気に誘われるまま深い眠りの世界に入っていった。

トロトロとした、気持ちのいい眠り。顔や頬、唇に優しい感触があり、そこからじんわりとした熱が伝わってくる。

「んー……」

アレクシスがようやくのことで目を開けるとエルバートがいて、アレクシスにキスをしていた。

「おはよう」

「おは…よ……」

喉が張りついて、うまく声が出せない。

驚くアレクシスに、エルバートがホッとした顔で言う。

「丸一日、眠り込んでいたんだ。もう目を覚まさないんじゃないかと、心配になった」

上体を起こされ、渡されたコップには蜂蜜入りの果実水が入っている。甘くて、美味しい。飲んでみて初めて、自分がどれだけ渇いていたのか知ったアレクシスは、すぐさまお代わりをもらうことになる。

ベッドサイドの紐を引っ張り、アレクシスが起きたことを伝えているだろうエルバートをぼんやり眺めながら、アレクシスは眉を寄せる。

「丸一日……？　あれから、どうなったの？」

「怪我人は多数だが、死者はいない。リーナは犯罪奴隷として死ぬまで解放されることはないし、悪魔の力が有益ではないと分かったら、すぐにも処刑だ」

「処刑……」

「王太子たちを魅了したんだから、本当はすぐにでも処刑したいところなんだが、あの悪魔の力は強大だからな。念のため、王家秘蔵のドラゴンの魔石を放出して、隷属の腕輪も作らせているそうだ」

「そうなんだ……うん、そのほうが安心だよね。首輪で悪魔を封じているとはいえ、魔石にヒビが入ったり割れたりしたら、危ないもんね」

「首輪に、二つの腕輪……あの娘は、城を買えるほどの財産を身につけることになる。本望だろうよ」

「いや、隷属の首輪って、全然素敵じゃないし……」

魔力の通りがいいミスリル鉱石に、ドラゴンの魔石。確かに買うとなればとてつもない金額ではあるが、呪文や魔法陣、刻印といったものがビッシリと刻まれた武骨なものだ。一目で犯罪奴隷だと分かるようになっているのである。

「それにしても、ドラゴンの魔石を放出かぁ……大盤振る舞いだね」

「壊れさえしなければ、また取り出して使えるからな。もし取りつけた魔石が悪魔の力で二つ壊れたら、あの娘を処刑することになっている。悪魔の力がどこまで役に立つかまだ分からないが、あの大きさの貴重なドラゴンの魔石を犠牲にできるのは二つまでということだ」

「ああ、ドラゴンの魔石なんて、そうそう獲れないもんね。……うん、今ある魔石を大切にするのはいいことだと思う」

「私としては、とっととあの娘を処刑して、危険分子には元の世界に戻ってもらったほうがいいと思うのだが……」

「父様、実利主義だからねぇ。この世界にはない強い力が使えるなら、ガッツリ使い倒すよ。あの悪魔がちゃんと言うことを聞くといいんだけど」

悪魔は他の世界の生き物だし、そこでも特異な存在だったようだ。目くらましが得意だから、騙されるのではないかと心配だった。

「宿主であるあの娘と契約魔法を交わしているからな。魔法がない世界から来た悪魔にとっては、想定外だったらしい。いざとなったらあの娘の魂を奪って元の世界に戻ればいいと思っていたのが、主を殺すことも、命令に逆らうこともできなくなったと怒り狂っていたそうだ。今は騎士団長があの娘の主だから、騎士団長の命令はあの娘の命令となり、拒否できないようになっている」

「ああ、嬉々として罰を与えそう。それはもう、存分に使い倒されるね。騎士団長は息子をたぶらかされて怒り心頭なんだから、大変だろうなぁ。真面目で融通がきかない、頑固親父だし。ああいう人が拗らせると、厄介なんだよね」

「治療は、本人の生命力を吸うとかで無理だが、物を動かしたり壊したりするのは得意のようだし、主に土木関係の仕事をさせられると思う。街道の整備や開墾、トンネル造りに鉱山……あの悪魔とやらの力なら、百人がかりで一ヵ月かかるような作業が、一週間もかからないんじゃないかという話だ」

「王都から離れたところで仕事させるんだ……それはちょっと安心かな」

リーナと悪魔が近くにいないと聞かされて、ホッとする。自分に対して悪意を剥き出しにするリーナと、邪悪そのものの悪魔にはできるだけ遠くにいてほしい。

特に悪魔はとっとと自分の世界に戻ってほしかったが、父王がギリギリまでそれを許さないのは分かっていた。

「なるべくあの娘がいやがりそうな、地味な作業をさせるつもりらしい。ただ、ときおりアレクシスに、あの娘と悪魔、隷属の首輪の状態を確認してほしいとのことだ」

「ああ……うん、そうだね。会うのはいやだけど、ボクもそのほうが安心かも。準備万全の状態であの大変さだったんだから、何かあったら怖いし」

「何ヵ月かに一度あの娘を視れば、あとはまた関わりのない生活だ」

そう言いながらもエルバートは顔をしかめているから、よほど関わりを持つのがいやらしい。リーナと悪魔に対する忌避感は、アレクシスよりエルバートのほうがずっと大きかった。

だからこそ、リーナたちの状態を視るときも最大に警戒してくれるだろうと安心できる。

――コンコンという、ノックの音。

エルバートが入るよう言うと、侍女たちがワゴンを押して入ってきた。

明るく挨拶をしながらアレクシスの後ろに枕やクッションを重ねて楽な体勢にし、ベッド用のテーブルをセットする。そしてその上に飲み物や食事を置いていく。

「丸一日何も食べていらっしゃらないので、まずはスープからどうぞ。他に何か入り用のものはございますでしょうか？」

「ありがとう。大丈夫」

「それでは、失礼いたします」

テーブルの上の料理は、明らかに二人分だ。

アレクシスはスープの入ったカップを手に取り、飲み始める。

「美味しい……」

野菜と牛乳の優しい味付けが、空っぽの胃に染みた。

いかに自分が空腹なのか知らされて、皿が空になるまで夢中になってせっせとスプーンを動かすことになった。

それから、サラダとサンドイッチだ。食べやすいよう、一口サイズなのがありがたい。

エルバートもあまり食べていなかったのか、エルバート用の山盛りサンドイッチをモリモリと食べていた。

「はぁ〜、おなかいっぱい。美味しかった」

「一日ぶりだからな。無理やりにでも起こして、何か食べさせるべきか迷い始めていたところだ。聖魔術師は、ただの魔力切れと疲労だから心配ないと言ったが……丈夫とは言えないアリーの体では、何も食べずに丸一日眠ること自体が問題だというのに……」

エルバートはブツブツと文句を言いながら飲み物だけをベッドサイドのテーブルへと移し、あとは隣の居間へと持っていってしまう。これで寝室の扉を閉めれば、よほどのことがないかぎり邪魔されたりはしない。

戻ってきたエルバートが靴を脱いでベッドに入ったままのアレクシスの隣に座り、額に手を当ててくる。

「顔色は悪くないし、熱もないようだ。しっかり食べられるところを見て、安心した」

「うん。体は全然、平気」

「よかった。――ああ、それと、私たちの部屋の準備ができたから、いつでもうちに越せる。陛下から転居の許可もいただけたしな」

「そっか……じゃあ、この部屋ともお別れだね」

公爵家に降嫁ということになれば、もう王族ではなくなる。長く住んでいるこの部屋も、片されるはずだった。

「いや、このまま残しておくそうだ。アレクシスは過去視や真実視もできるようになったから、何かあったら呼び出されるようだぞ。それゆえ、魔力は温存しておくようにとのことだ」

「あー……はいはい。でも、過去視や真実視で何を視るんだろう？　悪魔憑きなんて、そうそういないと思うんだけど……」

「こういった能力は、使えば使うほど熟練度が上がって、分かることが多くなる。それに、物に触っての過去視は使い道が多いんじゃないかな。怪しいと思った人物の過去を視られるのは大きいぞ。いろいろ視させて、何かしら収穫があったら幸運……くらいの気持ちだろう」

「ああ、過去視。あれは真実視と違って、必ず視られるとはかぎらないと思うけど……そっか、熟練度……うっ、でも、武器の過去とか、あんまり視たくない気が……」

ナイフや剣を使った相手が魔物ならまだいいが、父王がわざわざ視たがるとなると、人の可能性のほうが高い。

第三王子だがオメガであり、神子として過保護に育てられたアレクシスは荒事に慣れていないので、怖い光景は視たくないのが本当のところだ。

もっとも未来視では川の氾濫や土砂崩れ、里帰りする侍女が盗賊に襲われたりといった悲惨な光景を何度も視せられていた。

「うーん……でも、我がまま言えないよね。この力のおかげで他国に嫁に出されることなくエルと結ばれたんだから、がんばるよ」

「ああ。本当に、アリーに未来視があってよかった。でなければ、こうして一緒にいられなかったものな」

「うん。エルがボクの運命の番なんだって言っても、王族の義務を果たせって嫁入りさせられてたと思うよ。そんなの絶対にいやだから、未来視に感謝だ」

父王の子供は男の子ばかりで、嫁げるのはオメガのアレクシスしかいない。父も弟が一人しかいないし、祖父の妹は体が弱いとかで公爵家に降嫁した。本当なら実力が拮抗する隣国との関係性を密にするために、そろそろ王族同士の婚姻をしたいところなのだ。

けれど隣国には王子が一人のため、結婚できるのはアレクシスしかいなかった。

アレクシスが幼いうちに未来視をしたので嫁がされることはなくなり、隣国から打診がある前に早々と国内で婚約者を見つけた。

暗黙の了解でもう少し大きくなったら婚約を——と考えていた隣国は驚き、アレクシスの未来視を知って幾度となく婚約の打診をしてきているが、父王はシレッと「運命の番がいるので」と断っているとのことだった。

おかげでエルバートの身辺は物騒になり、護身のための魔道具を身につけるとともに、王族の暗部が護衛をしているらしい。

もちろんエルバート自身も魔法と剣の鍛錬を欠かさず、戦士としても相当なレベルに到達している。

アルファは魔力量が多いし身体能力も高いため、優先的にアルファが跡を継ぐ王族や貴族を暗殺するのはなかなか大変だ。

今も、これからも、エルバートは命を狙われ続ける。

アレクシスが結婚しても、未亡人になればいい。さすがに王妃に据えるのは難しいが、第二夫人なら問題ないと考えである。

アレクシスの未来視はエルバートと結婚するためにはありがたい能力だが、同時にエルバートを危険に晒すことになるのがつらい。

それでもアレクシスにはエルバートと別れるという選択肢はなく、一緒にいたいと思ってしまうのだ。

隣国に結婚を諦めさせるには、子供が一人では足りない。二人か三人いれば、さすがに外聞を考えて第二夫人に……とも言えない。

それまでエルバートは危険なのだと思い、アレクシスはエルバートにしがみつく。

「早く結婚して、子供が欲しいなぁ」

「ああ。アレクシスに似た、可愛い子が欲しいな」

「ボクは、エル似の子がいい。赤ちゃんのエルを、ボクが育てるんだ。大きいエルと小さいエルが並んだら、すごく可愛いよね」

エルバートは初めて会った小さな頃から、目つきが鋭くて格好良かった。すでに公爵家の嫡男としての自覚が芽生え、妙に大人びた目をした子供だったのだ。

だからアレクシスとしては、無邪気で可愛らしいエルバートを見てみたかった。

「結婚するのが待ち遠しいな」

「うん……」

番になって一安心だが、対外的にはきちんと結婚することがある程度の抑止力になる。子供を作るのも、それまではお預けだ。

「それにしても……こんなことが、二度と起きないといいんだが。アリーは魔力切れ寸前で大変だったんだぞ。本当に心配したよ」

「だから、キスしてくれてたんだ」

「てっとり早く、魔力を補給できるからな」

「ん〜でも、キスじゃ足りないかも？　まだ魔力補給の必要がある……気がする」

たっぷりの睡眠で体は回復しているが、心がエルバートを欲している。

そして眠り続けるアレクシスをずっと心配していたエルバートも、アレクシスを抱き、無事なのをしっかりと確認したいと分かっていた。

頑健なアルファはともかく、ベータと比べてさえオメガの男性はひ弱なので、番としては心配で仕方ないらしい。

アレクシスが意味深にエルバートを見つめ、唇を開けて深いキスをねだると、エルバートは嬉しそうに笑った。

「ふふっ……それもそうか」

そして顔が近づいてきて、キスをされる。アレクシスがねだった、舌を絡める濃厚なキスだ。

口の中をくすぐられ、舌を吸われるのはとても気持ちがいい。体はもうそれが快感に直結していると認識しているから、ゾクゾクとしたものが背筋を駆け抜けた。

何度も角度を変えて口腔内を味わい、熱い舌先に震えながら甘いキスを堪能する。

エルバートの手はアレクシスの寝着の裾をたくし上げ、剥き出しの脚を撫でていた。

太腿から膝――膝から太腿へとのぼり、尻を揉まれる。もう片方の手で陰茎を擦り上げられ、先端を指の腹でクリクリされて身震いした。

離れた唇が薄い寝着の上から乳首をとらえ、吸ってくる。

布越しに舐められると、プックリと膨れて悦びを表していた。

「ふっ……う……んん……」

上と下とで異なる快感に襲われ、甘い喘ぎが漏れる。内側からとろけていくような感覚と、もっともっとと貪欲に求める本能。

全神経でもって快感を追い、達きそうになると愛撫の手を止めてキュッと根元を押さえられた。

「やぁっ……エ、エル……達きたい……」

「少し、我慢だ。アリーの精液は甘いからな。もったいない」

エルバートはそう笑って、アレクシスの下腹部へと顔を埋める。

「あっ！　あ、あ、あんっ、あ……」

熱い口腔に包まれ、強く吸われるのは強烈だ。一気に頂点へと駆け上がりそうになるが、根元を締めつける指に阻止されてしまう。

「あっ……エ、ル……やぁ、んっ、んっ」

ひどいと恨みがましい目で睨みつけるが、楽しそうに笑みを返されるのみである。

わざと舌で舐《ねぶ》るのを見せつけられて、アレクシスは赤面しつつ「うーっ」と唸って顔を背けるしかなかった。

エルバートはアレクシスのものを嬲りながら、期待に疼き始めている蕾に指を一本潜り込ませてくる。

「う、ん……」

番になって自らの愛液で潤むようになった秘孔は、なんの引っかかりもなく指を受け入れる。甘い疼きを感じていた肉襞は、引き込むような動きを見せて歓迎していた。

すぐに指は二本に増えて、中を探られる。ゆっくりと出し入れされるのも気持ちが良く、自然と腰が揺れてしまう。

異物感さえこれからの期待となり、悦びとなる。

前をしゃぶられ、後ろを掻き回されて、アレクシスの体内の熱が暴れている。

「やぁっ……やっ、あん……あっ、エ……ル……エル……もう、達かせて……」

頭を打ち振るっての懇願に、エルバートが仕方ないなという表情をする。そして根元を締めつけていた指を離すと、肉襞を激しく擦ると同時に陰茎を強く吸い上げられた。

「あ……あぁぁぁ――っ！」

高い喘ぎとともに吐き出した精液はエルバートに飲み込まれ、満足そうな吐息が漏れる。

番の体液は甘いという話は本当らしく、先端から溢れる雫を嬉しそうに舐めている。

「ちょっ……エル、それ、困る……」

ようやく射精は許されたものの、出したばかりで過敏になっている先端を舐められるとつらい。エルバートにそのつもりはなくても、静まりかけた欲望が煽られてしまうのだ。それに中へと侵入している指がいまだゆるゆると動いているから、エルバートが欲しいという甘い疼きが掻き立てられる。

少し休みたいのに……というアレクシスの希望は叶うことなく、指が引き抜かれて腰が持ち上げられた。

「あ……」

猛ったものが、蕾に押し当てられる。

太く、大きく、逞しいそれ。火傷しそうなほどに熱く感じられるものが触れ、太い先端が潜り込んでくる苦しさにちょっとだけ泣きそうになる。

けれど、ここさえ入ってしまえばあとは楽になるのだと知っているから、懸命に力を抜いて受け入れようとした。

根元までみっちりと隙間なく埋められたが、馴染むまで待ってくれる。

しかし馴染んだとみるや、大きく抜き差しされてしまった。

「ああっ！」

「無事で、よかった……」

小さな囁きとともにきつく抱きしめられ、激しい抽挿が始まる。

「あっ、あっ、あんっ！　あぁ……」

「あのまま起きなかったら、本当にどうしようかと……二度とアリーを危険な目に遭わせたりしない……」

「あ、んっ……」

アレクシスは突き上げに喘ぎを漏らしながら、エルバートをギュッと抱きしめる。

「魔力、使いすぎた、だけ……んんっ……はぁ……。ボクも、怖いのいやだから、おとなしくしてるね……」

「そうしてくれ」

オメガは男女ともに温室の花に例えられる。美しいが弱く、暑さにも寒さにも耐えられないだろうと番が囲い込む。

外に置いて他の男に鑑賞されるのも、摘まれるかもしれないと思うことさえも耐えられないのだ。

番のその思いが分かっているからこそ、オメガたちも温室の花でいる。

ましてやアレクシスの立場ではエルバートの心配は二倍にも三倍にもなるので、おとなしく屋敷にこもっているのが番への愛情というものだった。

未来視に加えて、過去視、真実視と視えるものが増えただけにエルバートの心配も大きいのだと分かっていた。

自分を求める性急さにエルバートの不安を感じたアレクシスは、安心させようと温室の花でいることを約束する。

自分ではどうしようもなかったとはいえ、丸一日眠りこけていたのはまずかったなぁと反省していた。

「あっ、あ……んぅ……」

焦燥も露わなエルバートの激しさが、嬉しい。

心配させて申し訳ないとは思うが、エルバートがこんなにも動揺するのは自分が大切だからだと実感できた。

幸い体はもうすっかり行為に慣れているから、激しく求められても壊れたりしない。それに、どんなにエルバートが理性を失っても、自分を傷つけたりしないと分かっていた。

優しく抱かれるのも嬉しいが、こんなふうに激しく求められるのも嬉しい。

やわらかくとろけた体でエルバートを包み込み、悦びと安堵をもたらせるのがなんとも言えず満たされる思いだった。

エルバートの動きに合わせて腰を振り、喘ぎを漏らす。

深いところを突かれてそのまま揺さぶられると、快感なんていう言葉では足りない衝撃に襲われる。

アレクシスは夢中になってエルバートに応え、ひっきりなしに喘ぎ、甘く淫らな愛の行為に我を忘れた。


「んふぅ～」

エルバートの腕の中、アレクシスは満ち足りた吐息を漏らす。

激しい行為に体力は少しばかり削られたが、魔力が全身に行き渡っていて気持ちがいい。

隅々まで番の気で満たされた感覚にうっとりと浸った。

汗で張りつき、乱れた髪を直すエルバートの指の感触が優しい。アレクシスを抱いて安心できたのか、その様子には余裕が戻っていた。

（ああ、幸せ……）

これから、公爵家での新たな生活が待っている。慣れるまでは大変かもしれないが、エルバートと一緒なのだから心配はしていなかった。

それに何より、悪魔という脅威への対策をなんとか終え、スッキリした気持ちで臨めるのが嬉しい。

「公爵家に引っ越しかぁ……その前に、無事に解決できてよかった……」

「これで結婚式のことだけ考えられるな」

「ホッとするよ」

立場上、結婚式を前倒しにはできないが、どうせならそれまでの時間を楽しみたい。なんの憂いもなく準備に取りかかり、その日を迎えたかった。

「早くアリーを正式な妻として、内外に披露目したいんだがな」

「うちの国だけなら前倒しできるんだろうけど、他の国を招待してるからねぇ。父様的には、他国に見せつけるのが目的だし」

「神子はよそにやらん、という意思表示だな」

「運命の番だって言ってるんだから、早く諦めてくれればいいのに……」

どの国でも番関係は尊重されるし、運命の番となれば不可侵の存在だ。

しかしあいにくとそれを証明する方法がないので、いくらアレクシスが主張しても聞き入れてくれるものではない。

出会ったその瞬間に強く惹かれ合い、当人には運命の番なのだとはっきり感じるのだが、これを他人に分かってもらうのは難しかった。

それでも、番になったことでこうして二人で過ごすのを許してもらっている。

あの恐ろしい悪魔との対決だって、エルバートと番になっていたのがずいぶんと有利に働いた気がする。

魔力の補給だけでなく、安心感だ。エルバートが一緒にいて、支えてくれなければ、見るからに恐ろしい異世界の悪魔と対峙できなかった。

リーナに目の敵にされ、標的として狙われたのに、逃げ出さずにすんだのはエルバートのおかげだ。

未来視が好きな人との結婚をもたらしてくれて、真実視と過去視で悪魔の正体も突き止められて——けれど、その能力がエルバートを危険に晒している。

アレクシスは、エルバートの胸に残る傷痕を指で辿った。

「……痛かった？」

「戦いの最中は興奮しているから、そうでもない。終われば治療してもらえるしな」

「……………」

治療までに時間がかかったからこそ、残ったであろう傷。まず間違いなく、隣国から仕掛けられた暗殺未遂事件だ。

隣国の王太子はもうそろそろ結婚してもおかしくない年齢なのにまだ婚約者がおらず、虎視眈々とアレクシスを狙っている。

もちろん、証拠は一つもない。暗殺者たちは身元が分かるものなど身につけていないし、おとなしく捕まるほど生易しい覚悟でもない。それに隣国との関係を考えると、暗殺者がどこから放たれたのか判明するのもまずいのだ。

だからエルバートは自衛のためにしっかりと鍛錬し、父王は腕ききの暗部をエルバートにつけて防ぐしかない。

そしてエルバートの暗殺未遂があるたびに隣国の王に親書という名の嫌みな文書を送り、代償としてそれなりのものをもらい受けてはフォレスター公爵家に下げ渡しているらしい。おかげでフォレスター家の資産は増え、宝物室が手狭になりつつあるとのことだった。

かなり箱入りに育てられているアレクシスだが、自分の状況くらいは知っておくべきだと、父王が教えてくれるのである。そうでないと、護衛を鬱陶しがって遠ざけようとしたり、城の中とはいえ一人で歩き回るといった行動をとるかもしれないからだ。

未来視ができるアレクシスには常に拉致の可能性があり、エルバートは常に暗殺の危険に晒されている。

エルバート暗殺の企てはアレクシスが子供を何人か産めばグッと減るだろうが、アレクシスの拉致の可能性は死ぬまでなくならない。

だからこそアレクシスは城の外に行ってみたい、町を歩いてみたいといった我がままを言わないようにしていた。

公爵家だって、アレクシスのために警備を厳重にしているはずである。そのための予算と、ドラゴンの魔石を王家から渡してある。

ドラゴンの魔石はとても巨大ではあるが、今回のリーナの件でも隷属の首輪などで使っているし、残りはどれくらいなのだろうと気になった。

父王にとって一番いいのは、魔力の多い男をアレクシスに適当に宛がって、城の中で飼い殺しにすることだ。警備が一番厳重だし、生まれた子供も囲い込める。

けれど未来視ができると判明してから急遽催した茶会で、アレクシスがエルバートを運命の番だと言い張ったから、認めてくれたのである。

王として譲らない部分はもちろんあるし、厳しい面もあるが、それでもちゃんと愛されているのを感じた。

もっともそれは、これまでに何度か茶会という名の見合いをさせられても、アレクシスが誰一人として興味を示さなかったからだ。

すでにエルバートと出会っていたアレクシスにとって、アルファといえどもまったく魅力的には見えない。熱心に話しかけられても、面倒くさいな~としか思わなかった。

笑顔に見とれ、抱きしめてほしいと思うのは、エルバート一人。エルバートしか欲しくなかった。

これからアレクシスが公爵家に移れば、公爵家の負担は大きい。そもそもアレクシスを受け入れるにあたって、何年も前から屋敷の防御や雇い人たちの素性の再洗い出し、教育といったことをしているはずだった。

雇い人に至っては、人質に取られないために家族ごと囲い込んでいるかもしれない。ただの王子ではなく、神子を降嫁させるのは大ごとなのだ。

いろいろな人に金と手間をかけさせて申し訳ないと思うが、エルバートを諦めるという選択肢はない。それによってエルバートが危険な目に遭っていると分かっているのに、どうしても離れたくないのだった。

エルバートも同じ思いだからこそ、こうしてひどい傷を負ってもアレクシスと一緒にいてくれる。

この傷痕がエルバートのアレクシスへの想いの証しで――それゆえ愛おしい。

(ボクの能力が、『視る』だけじゃなくて、『守る』もあったらよかったのになぁ)

未来視という特殊な能力があるだけでも幸運だと分かっているが、暗殺者に狙われるエルバートが心配なのだ。

「エル、ごめんね……」

「何を謝っているんだ?」

「だって……ボクのせいで、危ない目に……」

そう言いながら傷痕を撫でているので、エルバートには言いたいことがすぐに分かったらしい。

「アリーのおかげで、私は愛や幸せがどんなものか知ることができた。お伽話のような『運命の番』を得られるのは、何物にも代えがたいと分かっているだろう?」

「うん……」

見つめ合うだけで愛が伝わり、触れる肌から力を分け与えてもらえる気がする。キスで魔力を補充してもらえるのも分かったし、一緒にいて安心感と充足感を得られるのはエルバートだけだった。

「アリーと会うまでの私にはなんの目標もなく、あるのは義務だけだった。公爵家を継ぐ義務、勉強や剣の稽古——フォレスター家の嫡男として、淡々とこなしていた記憶がある。だが、あの日……目が合った瞬間、アリーは私の番だと分かった。アリーも同じように感じていただろう?」

「うん。たくさんいる人の中で、エルだけキラキラ輝いて見えたな。ボクはまだ子供でよく分かっていなかったけど、こう……嬉しい、見つけた、すごい……そんな感情がグワーッて込み上げてきた」

「分かるよ。私も同じだったから。アリーに出会って、生活に色がついた。勉強も剣の稽古も義務ではなく、アリーをもらい受けるために必要なことであり、もっともっと前向きに、貪欲になった。教師たちが驚くほどの変化だったそうだ」

「ボクは、エルを餌にいろいろやらされた気がする。嫌いなものを食べさせられるときとか、勉強から逃げようとすると、エルの名前を出すんだもん。すぐに『エルバート様なら』とか、『公爵家にお嫁に行くなら』って言うんだよ」

口を尖らせてぼやくと、エルバートがクックッと笑う。

「それは、アリーの侍女に聞いた。ブーブー文句を言いながらもがんばるから、大変ありがたくも可愛らしいと。アリーもがんばっていると思うと、嬉しかったな」

「ボクも、エルの侍従から話を聞いたよ。エルが忙しくて来られないときとか、あれこれ話してくれたんだ。今考えると、うちの侍女たちの差し金のような気がする……」

「アリーの侍女は精鋭揃いだからな」

神子を守り、育てる侍女たちである。忠誠心は当然で、賢さや機転がきくことはもちろん、襲われても助けが来るまでの時間稼ぎができるよう戦闘訓練も受けている。公爵家に居を移すときも、一緒に来てもらうことになっていた。

どうにも気になる傷痕を指で撫でながらの会話に、エルバートが苦笑する。

「しかし……気がついていたのか……」

「そりゃあ、だって、エルのことだもん。気がつくよ。剣の訓練じゃ、こんな傷はつかないからね」

「アリーには何も知らずにいてほしかったんだが……」

「エルも過保護だねぇ」

アレクシスはエルバートと一緒に成長したいし、エルバートの背負った荷物を少し分けてもらいたいと思っている。

リーナの件で、自分もそれなりに役に立つと分かったのがアレクシスの自信に繋がっていた。

「エルがボクを守りたいように、ボクだってエルを守りたいんだよ。だから、困ったときや危険なときはちゃんと教えてほしい。未来視はボクの意思じゃできないけど真実視はできるし、過去視も高い確率でできそうだから、役に立つでしょう？」

「しかしなぁ……」

「大丈夫。エルの役に立ちたいんだ。ボクも公爵家に嫁入りするわけだし、エルとフォレスター家を守ることが、ボクを守るのにも繋がるよ」

「それはそうなんだが……」

エルバートはどうにも煮え切らない。汚いもの、恐ろしいものにはアレクシスを触れさせず、綺麗なままで大事に置いておきたいと思っているのだ。

「一応は王子だから、血なまぐさい王家の裏歴史も習ってるし、陰謀やら暗殺やらの物騒な知識もあるよ。それに、三大公爵家の権力争いも教わった。今は父様が睨みをきかせて貴族たちの権力争いは抑えられているけど、リーナに魅了されたままのアーサー兄様が国王になってたら危なかったね」

「アーサーには、ぜひ陛下の思慮深さを身につけてもらいたいものだ」

「本当にね。将来の王が、いとも簡単にたぶらかされているようじゃ心配……国王になるなら誰よりも腹黒じゃないと」

父王の魔力は誰よりも多く、攻撃も防御も完璧だという。

けれど父が賢王として名高く、他国に警戒されているのは、人心掌握の能力のほうである。

暗部を使って多岐にわたり情報収集し、有力貴族たちの弱みを押さえている。それによって陰謀は芽のうちに摘み取られ、睨みをきかせて国を安定させていた。

内乱がなければ国力を蓄えられ、余裕ができる。アレクシスの未来視が王家の人気を高め、より安定への力となっていた。

けれど次代の王であるアーサーががんばってくれないと、せっかくの平穏が揺らいでしまうことになる。

神子であるアレクシスの立場は国王の威光によって大きく左右されかねないので、アーサーには父を見習って強く賢い王になってもらいたい。

「アリーの荷物を移し終えたら、ついに我が家で一緒に住むわけだが……何かあったら言うと約束してくれ。アリーに我慢はしてほしくない」

「うん、分かった。エルも、ちゃんと言ってね」

「ああ。早く結婚式をして、落ち着きたい」

「本当にね。結婚式かぁ……長かったなぁ」

エルバートと出会ってから十三年経つ。アレクシスは十五歳で結婚してもいいじゃないかと訴えたのだが、アレクシスの発育が少しばかり遅かったため許可が下りなかった。

体がきちんとでき上がる前の出産は体に大きな負担がかかって、危険なのだ。

「嫌いなものもがんばって食べたし、苦手な運動もするようにしてたのに、どうしてなかなか成長しなかったのかなぁ。母様も成長が遅かったっていうから、遺伝？　もっと早く結婚したかった……」

「私もだが、仕方ない。オメガの発育が遅いのは、よくあることらしいし」

アレクシスは神子なので、その判断も慎重なものになる。おかげで了承を得るまでに時間がかかってしまった。

「ようやくエルと結婚だ……」

正装で決めたエルバートの姿を想像すると、ふふふと笑みが零れてしまう。

「エルの正装、楽しみだな」

「アリーのもだ。結婚式の衣装は特別だから。最高の絵師を用意したし、アリーの美しい姿をたくさんの描いてもらわないとな」

服には興味のないエルバートだが、アレクシスのとなると違うようで、いろいろと希望を言い、デザインにも口出ししている。

なのでアレクシスは、エルバートの衣装にこうしてほしい、ああしてほしいと言っていた。

刺繍やポイントとなる色は合わせるにしても、どうせなら自分の好みで飾り立てたいという思いは同じである。仮縫いに同席し、ラインをミリ単位で調整してもらい、満足いくまで体に合わせてもらった。

そこに王家とフォレスター家の刺繍を入れて、豪華なものに仕上げるのだ。さぞかし格好いいだろうと、楽しみで仕方なかった。

「待ち遠しいな」

「うん」

目を合わせて笑い合い、顔を近づけてキスをする。

「――――」

しっとりと優しいキス。

なんの憂いもなく、フォレスター家での新生活と結婚式のことだけを考えられるのが嬉しい。

エルバートに抱きしめられて眠りにつき、一緒に朝の目覚めを迎え、日々をエルバートとともに過ごす――アレクシスの夢は着実に実現しつつあった。

啄むようなキスを交わし、エルバートの手が優しく背中を撫でる。

（うーん、幸せ……）

アレクシスは小さく満足の吐息を漏らし、目を瞑って穏やかな幸福感に浸った。

END

結婚式

★
★
★

待ちに待った結婚式。

アレクシスはエルバートの番としてずいぶんと前に公爵家に居を移し、すでにもう夫婦同然として扱ってもらっている。それでもやはり、けじめとしても、対外的にも結婚式はしておきたい。

父王からのはなむけとして、王城を使うことを許されている。神子だからというのもあるが、アレクシスの現在の居住地である公爵家に危険な人間を入れないためだ。

王城なら賓客のもてなしや従者たちの扱いにも慣れていて、そのための部屋もあるので、王城を使うほうが安全なのである。

近隣諸国の招待客や、国内の有力貴族が大広間に集い、玉座で父王がアレクシスとエルバートを待っている。

「き、緊張する……」

婚礼衣装を着て扉の前で待機しているアレクシスは、顔を引き攣らせてエルバートの手をギュッと握りしめた。

二人ともにこの日のために作らせた豪奢な白の衣装で、相手の目の色の宝玉を縫い込み、髪の色で揃いの刺繍が入っている。

オメガであるアレクシスはレースなどで華やかに装飾し、小さなティアラとヴェールをつけている。

このヴェールは最高の職人が三年かけて編んだもので、家宝になりうる芸術品だ。神子にふさわしいよう、すべてが時間と手間とをかけて最上級のものを揃え、それだけにアレクシスにとても似合う。

身支度を終えてエルバートと合流してから、エルバートの目はアレクシスに釘付けになっていた。

「緊張するアリーも可愛いな」

「ありがとう……」

心の底から褒められているのは感じるが、あまり嬉しくはない。ズラリと待ち構えた招待客の前では、余裕のある顔で堂々としていたかった。

「婚礼衣装のアリーは、とても美しい」

「テレーザたちが張り切ってくれたおかげ」

母からの結婚祝いは、美容用品のセットだった。髪と肌、それに全身に使えるオイルというものを特別配合で注文してくれて、それを使って一週間前から磨き上げられたのである。

おかげで、髪も肌もツヤツヤのピカピカだ。唇には蜜蝋で作ったというクリームが塗られ、ほんのり赤く色づくとともに艶が出ている。自分でも、今が最高に綺麗なんじゃないかと鏡を見て感心してしまった。

アレクシスを着飾らせた侍女たちも実に満足そうだったから、見た目は完璧なはずだ。

（……うん、大丈夫）

不安に思う必要はないと、自分を鼓舞する。

何より、こうして隣にエルバートがいてくれるのだから、何かあっても助けてもらえて心強い。

それに、磨き上げられたのはアレクシスだけではない。エルバートもまた侍従たちによって手入れされ、男ぶりが上がっていた。

「エルも、最高に格好いい……」

二人とも仮縫いを繰り返し、何度も微調整をした婚礼衣装である。体のラインを綺麗に見せ、素晴らしく映えるように作られていた。

いかにも貴公子然としたエルバートは、絵姿で残したいほど美しかった。

貴族でも、男性がここまで華やかな衣装を着るのは結婚式のときくらいなので、こんなエルバートを見られるだけでも待ちわびた甲斐《かい》があるというものだ。

それに、ピカピカに磨き上げられた自分に、エルバートが見とれてくれるのも嬉しい。

特別な日、特別な婚礼衣装——みんなの前で、名実ともに夫婦になれる。

招待客の中には祝福とは正反対の感情を持ったものもいるが、そんな人間にこそ正式に夫婦になるところを見せつけてやりたい。

「……さて、そろそろ行こうか」

「うん！」

アレクシスは繋いだ手を離してエルバートの腕を取り、ピンと背筋を伸ばした。

神子と、それを娶る三大公爵家の嫡男——国を代表する一つの顔として堂々とした姿を見せなければならない。

二人とも、社交には慣れている。当然のことながら、取り澄ました仮面をつけるのも得意だった。

揃って大袈裟にならない笑みを浮かべ、侍従が開けた扉から大広間へと歩を進めた。玉座までの道に金糸で刺繍が入った真っ赤な絨毯が敷かれ、その両脇にズラリと招待客が並んでいる。

緊張も、警戒も、面には出さない。

けれどエルバートの腕を掴む手に少しだけ力が入ると、エルバートは大丈夫と安心させるように微笑みかけてくれた。

ゆっくりと、優雅に二人は玉座に向かう。父王が、目にからかうような色を乗せてアレクシスを見ていた。

神子然とした息子の表情を、面白がっているに違いない。

(もう、父様ってばっ)

賢王と呼ばれ、国民から敬われている父は、人々の前に立つのは慣れっこだから今さら緊張なんてしない。ましてや今日の主役はアレクシスとエルバートなので、アレクシスの笑顔に隠した緊張を楽しんでいる。

二人は玉座の前まで行くと、右腕を胸の前でたたんで膝を折った。

「今日のよき日、アレクシス様を我が妻に望みます」

「今日のよき日、エルバート・フォレスター様を夫に望みます」

貴族の結婚には、王の許可がいる。それに、自らの血を垂らした魔法結婚証明書も。血統と魔力を重視し、知らないうちに他人の子に家を継がせないために必要なものだった。

生まれた子は、その血と結婚証明書を使って本当に二人の間の子であるか確かめることを義務とされている。それによって、妻の不義がないと証明されるのだ。

父王は祝いの言葉や夫婦としての務めなどを滔々と述べ、結婚証明書にサインするように言う。

魔法のこもった羊皮紙にまずエルバートが名前を書き、それからアレクシスが書く。

小さな針で指を刺して血を垂らすと、羊皮紙全体がパーッと光を放った。

針で突いた傷はすぐに聖魔術師に治療してもらって、父王が結婚証明書を高く掲げる。

「この日、このとき、二人は夫婦となった」

「「おめでとうございます」」

それを合図に音楽が鳴り始め、二人は再度王に対しての礼をとってから大広間の中央へと向かう。

ファーストダンスは、二人でだ。

内心はどうあれ、表面上は穏やかで余裕のある笑みを作り、手を取り合ってダンスを始めた。

絶対に失敗できないと、教師をつけてエルバートと二人、かなり踊り込んでいる。音楽が体に馴染むまで踊り続けるから大変ではあるが、エルバートと踊るのは楽しい時間でもあった。

音楽に合わせたエルバートのリードで、自然と体が動く。

水の流れのように優雅に足を捌き、ときにフワリと浮いて、舞う。

踊り始めればまわりの目は気にならなくなり、アレクシスの顔に本物の笑みが浮かんだ。

人々に見せるための一曲が終わり、二人は招待客に向けて礼の形をとる。

湧き上がる拍手と、祝福の声。そして再び音楽が始まると客たちも踊り始め、大広間はダンスホールへと変わった。

アレクシスたちもそのまま二曲目に入り、今度はかなりリラックスして臨むことができる。

「フォレスター次期公爵夫人は、ダンスが上手だ」

楽しそうなエルバートにそんなことを言われ、アレクシスもフフッと笑う。

「フォレスター次期公爵のリードがお上手だからです」

改めて互いの立場を確認し、新たな呼称に頰の緩みが止まらない。

今日から一週間、エルバートはすべての仕事を休んで、王城のアレクシスの部屋で一緒に過ごすことになる。

近隣諸国の招待客の侍従や護衛として入り込んできた輩が手を出せないよう、国で一番警備が厳重な王家の居住区にこもる予定だ。

三ヵ月くらい前から急激に増えたエルバートへの襲撃と、公爵邸を窺う影。アレクシスをさらおうとしているのだ。

公爵家の結界に使っているドラゴンの魔石が一つ壊れたとかで父王はひどく怒っていたし、報復もしたようだ。

エルバートいわく、隣国の王弟が不慮の事故で亡くなったらしい。それに城の宝物庫から稀少な火竜の魔石が盗まれたそうで、その後公爵家のまわりをうろつく賊はグッと数を減らしたとのことだった。

それでも他国からの招待客の一団に暗部の人間が交じっているのは間違いないらしく、

アレクシスたちは王家の居住空間でおとなしくしているようにと厳命されている。

アレクシスとしては、何かと忙しいエルバートとずっと一緒にいられるのだから文句はない。

今日だって、エルバートが踊るのは妻であるアレクシスとだけだ。礼儀上とはいえ、エルバートが他の人間の手を取る姿を見なくてすむのが嬉しい。

今日から一週間、公爵家の仕事もエルバートを追いかけてはこない。エルバートと二人きりの時間を楽しむつもりだった。

もちろん、警戒は怠らない。この場の主役とはいえ、集まる視線の中には実にいやな感じのものがあったからだ。

テレーザからも、迷った振りで王城の中を歩き回ろうとする輩が複数いたので、迂闊な行動はとらないようにと釘を刺されている。

「アリーが綺麗なせいで、いつもより苛立つ視線が多いな」

「エルも素敵だから、ご婦人方の熱い視線が集まってるよ。……ボクのなのに」

神子の愛する婚約者ということで、エルバートに言い寄る女性やオメガはいなかった。

それでもエルバートに恋慕を向ける人間は少なくなく、夜会でダンスを申し込まれたりする。

女性からの申し込みは断りにくいし、二曲以上踊るのはアレクシスとだけだが、頬を染めてうっとりとエルバートに見とれる女性たちの姿は見たくない。

けれど正式に神子の夫となったので、これからはダンスの申し込みを断ることができる。王に継ぐ地位の神子――その夫も強い権威を有するのだ。

今のところその権威を使うつもりのないエルバートも、面倒なダンスを断れるという点については喜んでいた。

すでに互いを番として認め合っていたエルバートにとって、他の人間からの恋慕の熱い視線は鬱陶しいだけだったという。

二人が踊るのをやめて端に寄り、アレクシスは果実水、エルバートは白ワインをもらって飲む。これで喉の渇きを潤したら、社交が待っている。

各国の招待客と他の公爵家。それだけこなせば、とりあえず最低限の義務は果たしたことになる。

いやなことはさっさと片付けてしまおうと、二人はグラスを空にし、にこやかな笑みを浮かべて人の輪へと入っていった。

何かと気疲れする時間を過ごし、二人はアレクシスの部屋へと戻ってくる。ヴェールやティアラ、宝飾品の類いは侍女たちが外してくれた。

「はぁ……疲れたぁ」

アレクシスは上着を脱いでソファの背凭れにかけ、靴も脱いで長椅子に座り込む。

エルバートは笑ってその上着をハンガーにかけてから隣に座り、テーブルに用意されてあった小さなサンドイッチをアレクシスの口元に運んだ。

「ありがと。……うん、美味しい」

結婚式の前に食事をすませていたが、社交というのはエネルギーを消費する。満腹になるまで食べていなかったのもあり、空腹を感じていた。

モグモグと咀嚼して呑み込むと、すかさず違う味のものが差し出される。

「んー……んんっ、こっちも美味しい～」

卵に、照りマヨチキン、どちらもマヨネーズたっぷりでアレクシスの好みの味だ。

それにプリッとしたエビフライにもタルタルソースが添えられていて、アレクシスの好物を用意してくれたらしい。

エルバートもアレクシスに給餌しながらせっせと食べ、三つ目のサンドイッチで首を傾げる。

「……これは、魚のフライか？　旨いが、サンドイッチにするのは珍しいな」

「それも、ボクの好物。お魚、あんまり好きじゃないけど、フライは大好きなんだ。サンドイッチにされると、パクパク食べちゃう」

「そういえばアレクシスがうちに来てから、魚のムニエルがクリームがけになったな。あれのほうが旨くて好きだが」

「それ、ボクのためだね。魚の匂いがちょっと苦手で、濃いめのソースがないと美味しく食べられなくて……」

「王城から派遣されてきた料理人はさすがの腕前だから、うちの料理人たちも覚えようと必死らしい。母は食べすぎて太ったとぼやいているが……」

「ケーキと料理のお代わりを天秤にかけて、ティータイムはお茶だけにするって言ってたよ。ケーキは出されなければ我慢できるけど、お代わりは我慢できないんだって」

「ああ、私と父が遠慮なくお代わりをするからな。そもそも母の皿は、私たちの半分しかないし。食の細かった母が、ずいぶんと変わったものだ……」

王家に出される食事は、当然ながら最高級のものだ。厳選された食材に、種類豊富なレシピ。それを主の口に合わせて作るのだから、美味しいに決まっている。

アレクシスの好みも認知している料理人は、公爵家の料理人たちと擦り合わせをしながらたくさんの料理を作ってくれた。

義母の皿の上も少しずつ量が増え、今は二口分、三口分と指定しながらお代わりをすることが多い。

ドレスが入らなくなると困ると言う義母に、義父はいくらでも新調すればいいと鷹揚だ。ほっそりとした妻の、肉付きが良くなるのは歓迎らしい。

エルバートも、アレクシスの体重が増えて丸くなっても愛らしさが増すだけだと言ってくれるので、気にすることなく好きなものを好きなだけ食べている。

（番の欲目って、ありがたい……）

「エル、エビフライもう一つ」

「ソースとタルタル、どちらにする？」

「今度は、ソースで」

「了解」

一口サイズのプリッとしたエビフライをソースにつけ、口の中に運ばれる。

モグモグと咀嚼し、呑み込んで、アレクシスはフフッと笑う。

「これからの一週間、エルとおこもりできるんだ……朝食はパンケーキとワッフルを交互に出してくれるんだって！」

「ああ、それに、ティータイムにはケーキを三種類作ると聞いたぞ」

「うわぁ……嬉しすぎる」

甘いものが好きなアレクシスなのに、健康のためにケーキは一日に一つと決められている。けれどこの一週間はそういった制限なしで、甘やかしてくれるらしい。

誰にも邪魔されることなく二人きりで、食事やオヤツも好物だらけ……なんて楽しいんだろうとニコニコする。

「そういえば、部屋と庭から出ないんなら、寝着やガウンで過ごしていいんだって。天気が良ければ庭に簡易寝台を出してくれるから、そこで昼寝をしてもいいし……」

エルバートはなかなか時間が取れずに溜まってしまった本をたくさん持ってきているし、アレクシスも侍女が市井で人気がある本を仕入れてきてくれている。冒険ものや恋愛もの――難解な言い回しを使わず、面白いらしい。

アレクシスはエルバートと違って暇な時間があるから、すぐにも読みたいのを我慢して取っておいたのだ。

エルバートと二人、庭に出した簡易寝台の上でゴロゴロしながら本を読み、昼寝をするのもいい。

実にいいタイミングでの給餌に口をモグモグさせながら、アレクシスは嬉しさでにんまりするのだった。

腹が満たされたら、湯浴みが待っている。

公爵家の浴室も立派だが、王家のにはかなわない。エルバートと二人で入っても余裕のある浴槽には、水と火の魔石によっていつでも綺麗な湯が満ちている。

「はふー……お風呂はやっぱりいいねぇ。疲れが溶けてく気がする……」

「今日は、さすがに緊張したからな。しかし、アリーの衣装は美しかった。一式、宝物室で保管しよう」

「エルのと、お揃いでね。白の婚礼衣装を着たエルは、女の子が憧れる王子様みたいだったよ。凛々しくて、格好良くて、でもすごく綺麗で……やっぱり絵は必要だね！」

「ああ。アリーの姿を残しておかないと」

やはり特別な衣装というのは嬉しいものなので、絵姿を飾っておけばいつでも思い出すことができる。

エルバートはよほど気に入ったらしく、ヴェールと同じ繊細なレースを使ったブラウスを、ひどく慎重な手つきで脱がせ、皺にならないよう気をつけてハンガーにかけていた。

そのくせ自分のはパパパと脱いで籠に放り投げるものだから、アレクシスが慌ててハンガーにかけることになる。

絵姿に残したいのは相手の姿であり、自分のではないのだ。

もっともアレクシスの場合は、エルバートの隣に立つのは自分だけという思いがあるので、エルバート一人より、二人の絵姿のほうが嬉しい。

テレーザが、「絵師が鬼気迫る表情でお二人を描いておりました」と言っていたので、素晴らしいものを仕上げてくれると信じている。

「花火、綺麗だったな～」

新年と、お祝いのときに打ち上げられる花火は、火と光の魔術師たちが、大掛かりな魔道具を使って造り出すものだ。

大広間での披露目のあと、王都民への顔見せのための塔で美しいそれを眺めた。

父王が神子の結婚式を王家への求心力に使うため、新年のときより多く上げてくれたのである。

たくさんの民に祝福されて、エルバートに寄り添いながら夜空に上がる美しい花火を見たことは胸に焼きついている。いい思い出になりそうだった。

ホカホカになって湯から上がれば、寝着とガウンが置かれている。

それを着て自室に戻ると、あとはもう呼ばないかぎり誰も来ない。気のきく侍女たちは居間のテーブルの上に果物と焼き菓子、果実水、酒を用意してくれていた。

エルバートは自分用に酒を、アレクシス用に果実水をグラスに注いで乾杯する。

「これからもずっと一緒だ」

「ようやく、アレクシス・フォレスターになれたね。長かったなぁ」

リーナの件で先に番になってしまったが、結婚という形を取るとさらに関係が安定する。それは実際に結婚契約書を交わしてみて、初めて分かることだ。

己の血を使っての魔法契約なだけに、意味は重い。

加えて番という絆があれば、離れていても互いがどのあたりにいるか分かったりするほどらしい。未来視できる神子をさらいたい近隣諸国には、厄介な繋がりのはずだった。

「これで、よその国が諦めてくれるといいんだけど……」

呟くアレクシスの頬を、エルバートが撫でている。

エルバートはアレクシスの肌の感触が好きとかで、番になってからはこうしてよく触っている。それまでは未婚同士の過度な接触はよろしくないと我慢するしかなかったから、番になることで解禁されてかなり喜んでいた。

アレクシスとしてもエルバートに触られると気持ちがいいので、素直にエルバートに凭れかかっている。

王城の、王家の居住空間。公爵邸の敷地。ドラゴンの魔石によって鉄壁の防御が施され

た空間だけだが、アレクシスが自由に動ける場所だ。

特にアレクシスの部屋と専用の庭は強固なため、護衛もなく二人きりになれる。

リーナのことがあるまで学園に通うことも許されず、兄たちと比べてかなり窮屈な生活を余儀なくされていたが、それにより得たもののほうが大きいので不満はない。

エルバートの番になり、結婚して——こうしてずっと一緒にいられるのだ。

寄り添って、遠慮なく触れ合って、キスを交わす。

番となり、夫婦となったことは、二人を固く、強く、結びつけた。

「エル……ボクの大切な番で、旦那様。大好き」

「アリー……私の愛おしい番。愛している……永遠に」

エルバートとのキスにはアルコールの芳香があり、アレクシスのは果実水で少し甘いかもしれない。

舌に残るアルコールとエルバートの唾液にクラリとする。甘い甘い番とのキスが、結婚してからさらに甘みを増した気がした。

「ん……」

性急に快楽を求めたくなる衝動と、いくらでも時間はあるのだからゆっくり楽しみたいという気持ち。

エルバートが何もしないで一週間も自分といられるのはなかなかないので、嬉しくてたまらなかった。

「んっ、んっ……」

舌を絡め合い、互いの唾液を啜る。

キスによって次第に体は熱くなり、中心が期待で疼くのを感じていた。

どうにもジッとしていられなくてモゾモゾと身動いでしまうと、エルバートが小さく笑う。そして唇を離してアレクシスを抱き上げ、寝室へと運ばれた。

しっかりと扉を閉め、ベッドへとダイブされる。

一瞬の浮遊感にアレクシスは慌て、ポスンと背中から落ちるや再び唇を覆われた。

「……んぁ」

この日のために用意されたであろう新品の寝着は、前をリボンで留められている。いとも簡単に乱し、脱がせられる新婚仕様だ。

あちこち撫で回されているうちに乱れ、シュルリとリボンを解かれて前が肌蹴る。

キスをしながら乳首を弄られて、痛いくらいに感じてしまう。指の腹で揉まれ、プクッと尖ったそこを摘まれるのはとても気持ちがいい。

いつものことながら、愛の行為は忙しない。キスとエルバートの愛撫と——意識が目まぐるしく移動して大変だった。

唇がずれて顎や首筋を辿り、両方の乳首を指と唇とで弄られるのもおかしくなりそうでつらい。思わず胸を突き出し、もっととねだっていた。

敏感なそこを強く吸われ、甘噛みされて、ビクビクと腰が痙攣する。

「……気持ちがいい？」

「う、ん……すごく……」

頷きながら、思わず縋るような目でエルバートを見つめてしまう。

胸だけではいやなのだ。とても気持ちがいいが、熱がこもるばかりで焦れてしまう。肝心の部分が放ったらかしなのが切なかった。

モゾリと両脚を擦り合わせると、エルバートがクスリと笑う。そして意地悪することなく期待に震える中心へと手を伸ばし、包み込んでくれた。

「あ、んんっ」

待ち望んだ快感に喘ぎが漏れ、腰が揺れる。ゆっくりと上下に扱かれると、次から次へと湧き起こる甘い疼きがアレクシスを襲う。

乳首への愛撫も再開されて、どちらの感覚を追えばいいのかまた分からなくなる。

「あっ……あ、んぅ……」

今日のエルバートの愛撫は、いつもよりゆったりとしている。

これから一週間、好きなときに起きてのんびり過ごすと決めているので、時間を気にすることなくたっぷりと楽しむつもりらしい。

(嬉しいような、ちょっと怖いような……)

アレクシスとエルバートでは、体力に差がありすぎる。あまりにも長く執拗に愛されると、アレクシスは途中でダウンしてしまいそうだった。

それに、快感も度が過ぎるとつらくなるのだと知っていた。

腰を揺らめかして小さく喘ぎを漏らすアレクシスに、エルバートが胸の中央に滲んだ汗をペロリと舐めて笑う。

「アリーは、汗まで甘いな」

ニヤリとしたその顔はやる気に満ち、迫力があって少しばかり怖い。

「――――」

結婚初夜は、甘く、濃く、大変になりそうな予感がした――。

END

あとがき

こんにちは〜。「未来視Ωは偽少女から婚約者を救う」をお手に取ってくださいまして、どうもありがとうございます。

またまたオメガバースです。すっかり定着しているおかげで、アルファとは〜オメガとは〜……という説明がサラリですむのがありがたい。ですがせっかくのオメガバースなのに、ページ数の都合で子供まで書けないのが残念です。ちなみにエルバートそっくりのアルファの男の子と、アレクシスそっくりのアルファとオメガの双子の女の子が生まれます。

顔はそっくりでも、アルファとオメガ——表情や言動でこんなに印象が違うものかと周囲を驚かせ、エルバートは「キリリとしたアレクシスも可愛いものだな」と双子溺愛モードになります。アレクシスはそれに焼きもちを焼いて、娘たちより自分を可愛がってといちゃつきに突入し、四人目ができるという幸せ家族になるのです。

リーナの事件で過去視もできるようになったアレクシスは、父王の依頼でいろいろなものを視させられます。当然、物騒な過去のあるものばかりで、エルバートの膝の上、しっかりと抱きしめられながら「ひ〜っ」と悲鳴をあげながらの過去視です。救いは、いつ視えるか分からない未来視のために、過去視の回数をセーブされていることでしょうか。それに怖いものを視て情緒不安定になるので、エルバートに思いっきり甘やかされるのも。次期公爵としてとても忙しいエルバートなので、日中に甘えられるのは稀なのです。いやでたまらない過去視を支えるお楽しみなのでした。この二つとない能力のおかげで公爵家に降嫁したあとも神子としていろいろ優遇してもらえるため、それなりにのんきに暮らしています。

リーナの失敗の原因は、平民ゆえにもの知らずだったことです。貴族社会を知らずに魔術学園に特待生として入学し、不自然に思われる性急さで魅了を多発したのが最大の理由。それに悪魔の力を過信したことに加え、王都に住んでいると犯罪奴隷なんてそうそう見ることがないので、隷属の首輪についてもろくに知りませんでした。もしこれが貴族の女性なら、悪魔に何ができるのか少しずつ確認しながら、周囲に怪しまれないよう慎重に第一王子であるアーサーのみをターゲットにしたので、成功する確率はかなり高かったはずです。何しろこの世界にある魔法とは違う力なので、警戒しようがありません。うまく使えれば、かなり有用な力だったのに、もったいない。リーナが自分の環境に不満のある普通の女の子で、前世が中二病の少女だったことでこの世界は助かりました。

これは、前作の「崖っぷちΩは未来の伯爵をモノにする」の、二十年後くらいの世界になります。レスリーは辺境伯夫人としてポーションを作りまくり、理系男子らしく研究を重ねてエリクサーもどきを作ったりします。危険だけれど素材がたっぷり採れる魔の森のおかげでポーションの一大産地となり、新たな料理もたくさん発表し、冒険者と商人がやってくる活気のある町になりました。エリクサーもどきは他のところでは買えないので、わざわざ辺境まで足を延ばす価値のあるものなのです。冒険者や商人を受け入れるために町を整えたり街道を整備したり後進を育てたりで年月を重ね、子育ても終えて余裕のできた今は理系男子の本領を発揮して、優秀な鍛冶職人に遠心分離機を作らせました。原理は分かっていても設計図を見たことがあるわけでもないし、部品から作らなければいけないのでずいぶん時間がかかりましたが、おかげでポーションの品質が格段に向上、ついでに生クリームも作れるようになったので料理とデザートに有効活用しています（笑）

イラストを描いてくださったこうじま奈月さん、いつもありがとうございます。キャララフをいただいておりますが、エルバートは格好いいし、アレクシスは可愛いしで、本になるのが楽しみです。特にこうじまさんのカラーはとても美しいので、早く表紙が見たいなぁ。書いていていつも思うのが、「先にイラストが見られれば、テンション上がりまくりなのに！」です。未来の私、根性でテレパシーか何かを送ってくれい。……でも、残念ながらそんなことはできないので、これからもイラストのご褒美を心の支えに、ゴールを目指してのろのろでもがんばります。

若月京子

新・花嫁は十七歳2
ながさわさとる
Satoru Nagasawa
原作●若月京子
Kyoko Wakatsuki
新・花嫁は十七歳2
若月京子の大人気作が、ながさわさとるによるコミカライズで登場!
和彦と桜子は甘い結婚生活をおくっていたが、ある日和彦が記憶喪失に!
当然、結婚した記憶もなくなっていて……!?
若月京子書きおろし小説も収録!
アクアコミックス
AQ COMICS

プリズム文庫をお買い上げいただきまして
ありがとうございました。
この本を読んでのご意見・ご感想を
お待ちしております!

【ファンレターのあて先】
〒153-0051 東京都目黒区上目黒1-18-6 NMビル
(株)オークラ出版 プリズム文庫編集部
『若月京子先生』『こうじま奈月先生』係

プリズム文庫

未来視Ωは偽聖女から婚約者を救う

2021年10月29日 初版発行

著者 若月京子

発行人 長嶋うつぎ
発行 株式会社オークラ出版
〒153-0051 東京都目黒区上目黒1-18-6 NMビル
営業 TEL:03-3792-2411 FAX:03-3793-7048
編集 TEL:03-3793-6756 FAX:03-5722-7626
郵便振替 00170-7-581612(加入者名:オークランド)
印刷 中央精版印刷株式会社

Printed in JAPAN ISBN978-4-7755-2974-4